Scherz Krimi
Spannung
mit Niveau

D1925475

John D. MacDonald

Erpreßt!

Scherz
Bern München Wien

Einzig berechtigte Übertragung aus dem Amerikanischen
von Fritz Moeglich
Titel der amerikanischen Originalausgabe: »The Quick Red Fox«
(Früher bei Heyne erschienen unter dem Titel:
»Rote Lady Schwarz Auf Weiss«)
Schutzumschlag von Heinz Looser
Foto: Thomas Cugini

1. Auflage 1996, ISBN 3-502-51546-8
Copyright © 1964 by Fawcett Publications, Inc.
Copyright © 1965 der deutschen Übersetzung by Wilhelm Heyne
Verlag GmbH & Co. KG, München
Alle deutschsprachigen Rechte beim Scherz Verlag Bern und München
Gesamtherstellung: Ebner Ulm

1

Der tosende Nordostwind brachte die Kälte des Februars mit sich. Er vertrieb die Touristen vom Strand, riß gewaltige Wassermassen aus dem Atlantik und schmetterte sie auf den Highway nach Bahia Mar. Feiner Sand prasselte gegen Bootsrümpfe, ließ die Stander knattern und fuhr fauchend durch das Gewirr von Takelagen und Thunfischtürmen. Fort Lauderdale zeigte sich den Touristen an diesem Samstagnachmittag von seiner schlechtesten Seite.

Ich hatte es mir in dem großen Aufenthaltsraum meines Hausbootes ›Pik As‹ bequem gemacht. Die elektrische Heizung lief mit voller Kraft. Ich lag auf der breiten gelben Couch und trug eine zerknitterte Hose und ein altes Flanellhemd, das im Laufe der Jahre zu einem lächerlichen Himmelblau verblichen war. Aus dem Lautsprecher dröhnte Schostakowitschs fünfte Sinfonie, von Bernstein dirigiert.

Skeeter stand am andern Ende des Raumes über ihr Zeichenbrett gebeugt. Sie trug graue Kordcoveralls, die ihr viel zu groß waren. Alles, was sie anzieht, scheint zu groß für sie zu sein. Sie ist dreißig, glaube ich, und sieht aus wie achtzehn. Ihr spinnwebblondes Haar ist ständig in Unordnung und hängt wirr in ein süßes, schmales Gesicht. Sie lebt davon, daß sie unter dem Namen Annamara Kinderbücher illustriert. Mein Freund Meyer fand sie vor etwa einem Jahr am Strand. Dieser behaarte, häßliche und charmante Bursche sammelt seltene Exemplare der Gattung Mensch am Strand, wie andere Menschen Muscheln sammeln.

Wenn Skeeter arbeitet, arbeitet ihre Zunge mit. Sie quälte sich mit der Zeichnung einer zerzausten Feldmaus namens Quimby ab. Sie hatte mein Boot zum Atelier gemacht, weil ihr nur drei Straßen entferntes Apartment renoviert worden war und der Geruch der Farben sie an den Rand der Übelkeit brachte, was sich mit ihren Terminen schlecht in Einklang bringen ließ. Vor längerer Zeit hatte es zwischen uns so etwas wie eine Liebesaffäre gegeben, bis wir feststellten, daß wir nicht füreinander geschaffen waren. Wir hatten beide das seltene Talent, immer auf den Fehlern des andern herumzureiten. Es war für uns beide eine Erleichterung, als wir stillschweigend übereinkamen, unser Verhältnis nur noch auf der Basis herzlicher Freundschaft fortzusetzen.

Von Zeit zu Zeit unterstützte Skeeter mit der Zeichenfeder Bernstein beim Dirigieren, dann kehrte sie wieder zu ihrer Maus zurück. Sie hatte unerwartet Talent für die Herstellung von Seemannsgrogs entwickelt, und ich war in jenem leichten Schwebezustand, der sich nach dem dritten Glas einzustellen pflegt. Ihre eigenen Grogs waren allerdings schwächer, weil Quimby ihre volle Aufmerksamkeit verlangte.

In das hallende Schmettern der Musik mischte sich das helle Ding-Dong meiner Glocke. Ich habe ein Brett mit einem Klingelknopf an einem der Kaipfosten angebracht, und eine Kette versperrt meinen kleinen Landesteg.

Ich stand auf, um zu sehen, was sich draußen tat. Ein hochgewachsenes Mädchen stand am Kai. Sie trug ein unauffälliges dunkles Kostüm und eine Handtasche, die fast die Größe einer Aktentasche hatte. Sie stand kerzengerade aufgerichtet, als gäbe es für sie keinen Wind. Als sie meinen Schädel über den Planken auftauchen sah, betätigte sie die Klingel noch einmal. Sir wirkte ganz und gar nicht unentschlossen. Ich ging ihr bis zur Kette auf dem Landesteg entgegen. Sie maß mich mit einem langen, abschätzenden Blick. Ob ich Gefallen oder Mißfallen erregte, war nicht zu erkennen. Ich bin an beides gewöhnt. Ich bin nicht gerade klein geraten. Ich sehe träge aus und bin es. Man sieht mir an, daß ich den größten Teil meiner Zeit an der frischen Luft verbringe.

Sie hatte schwarzes Haar. Es gibt männliche Musiker, die ihr Haar länger tragen. Ihre Augen waren dunkel und lebhaft, die Brauen pechschwarze Striche. Ihre Nase erinnerte an einen Sprunghügel. Der Mund war voll und gut geschnitten. Sie wirkte elegant, tüchtig und humorlos.

»Mr. Travis McGee?« fragte sie mit rauchiger Altstimme.

»Persönlich.«

»Ich bin Dana Holtzer. Ich habe vergeblich versucht, Sie telefonisch zu erreichen.«

»Der Apparat ist abgeschaltet, Miß Holtzer.«

»Ich möchte Sie in einer ganz persönlichen Angelegenheit sprechen.«

Manchmal fängt es so an. Sie sah nach Geld aus. Keinen Schmuck. Nach selbstverdientem Geld. Sie sah nach einem guten Job aus, jedenfalls nicht danach, daß sie in der Klemme saß. Wahrscheinlich kam sie also im Auftrag eines andern. Wäre sie zwei Monate früher gekommen, hätte ich mich kaum mit ihr befaßt. Aber mein Konto ließ die ersten Anzeichen von Schwindsucht erkennen; es wurde also Zeit, daß ich in die Hände spuckte und etwas anpackte. Es ist erfreulich, wenn einem die Geschäfte ins Haus gebracht werden. Sie zu suchen, ist mühsamer.

Aber ein bißchen Vorsicht kann nie schaden. »Sind Sie sicher, daß Sie mit dem richtigen Mann sprechen?«

»Walter Lowery in San Francisco erwähnte Ihren Namen.«

»Was Sie nicht sagen. Wie geht es dem alten Walt?«

»Gut, nehme ich an.« Sie legte die Stirn in Falten. »Er sagte, ich sollte Ihnen sagen, daß er das Schachspiel vermißt.«

Es stimmte also. Walt und ich haben im ganzen Leben kein Schach miteinander gespielt. Aber es war das Erkennungszeichen, wenn er jemanden zu mir schickte. Es gibt Schnüffler, Streithammel, nette Leute und echte Ermittler. Es ist gut, wenn man eine Möglichkeit hat, die Zweifelhaften vorher auszusondern.

»Kommen Sie aus dem Wind«, sagte ich. Ich gab ihr den Weg frei und hakte die Kette wieder ein, als sie an mir vorübergegangen war. Sie hatte lange schlanke Beine und bewegte sich mit der Grazie einer Gazelle. Ich öffnete die Tür, und sie trat ein, ohne sich erstaunt zu zeigen über die Lautstärke der Musik. Skeeter bedachte sie mit einem geistesabwesenden Blick und einem gefrorenen Lächeln. Dann machte sie sich wieder an ihre Arbeit. Ich ging voran, durchquerte den Aufenthaltsraum und führte meinen Besuch in die kleine Eßnische hinter der Kombüse. Dann schloß ich die Tür, die vom Aufenthaltsraum auf den Gang führte.

»Kaffee? Drink?«

»Nichts, danke«, sagte sie und nahm in der Nische Platz.

Ich goß mir eine Tasse Kaffee ein und nahm ihr gegenüber Platz.

»Ich bin nicht an jedem Kleinkram interessiert, mit dem man zu mir kommt«, sagte ich.

»Darüber sind wir uns klar, Mr. McGee.«

»Sie kennen meine Geschäftsprinzipien?«

»Ich denke schon. Jedenfalls weiß ich, was Mr. Lowery mir darüber sagte. Wenn jemand um etwas gebracht worden ist und keine Möglichkeit hat, es auf legalem Wege wiederzuerlangen, so bemühen Sie sich, es wieder herbeizuschaffen – für die Hälfte seines Wertes. Ist das richtig?«

»Ich muß zuvor die Umstände kennen.«

»Natürlich. Aber ich sähe es lieber, wenn... wenn die andere Partei Ihnen alles erklärte.«

»Ganz in meinem Sinne. Schicken Sie ihn zu mir.«

»Es handelt sich um eine Frau. Ich arbeite für sie.«

»Dann schicken Sie die Frau zu mir.«

»Das ist unmöglich, Mr. McGee. Ich muß Sie zu ihr bringen.«

»Tut mir leid. Wenn sie so in der Klemme sitzt, daß sie mich braucht, kann sie auch zu mir kommen, Miß Holtzer.«

»Sie verstehen nicht. Wirklich. Sie kann einfach nicht herkommen. Sie hätte mit Ihnen gesprochen, wenn ich Sie telefonisch erreicht hätte. Ich arbeite für... Lysa Dean.«

Ich wußte, was sie meinte. Das Gesicht war zu bekannt, selbst wenn es sich hinter der dicksten Sonnenbrille verbarg. Sie würde keinen Wert darauf legen, in dieser privaten Angelegenheit mit einer Polizeieskorte gesehen zu werden. Und wenn sie allein kam, würden die Fans sie auf hundert Schritte erkennen und nicht mehr von ihrer Seite weichen. Zehn große Filme, vier in die Brüche gegangene Ehen und eine heftig abgelehnte Fernsehserie hatten ihr Gesicht zu einem Haushaltsartikel gemacht. Liz Taylor, Kim Novak und Doris Day hatten sich den gleichen Schwierigkeiten gegenübergesehen. Die Öffentlichkeit ist ein Tier, dem man nicht trauen kann.

»Ich kann mir Lysa Dean nicht in einer Situation vorstellen, die meine Hilfe erforderlich machte.«

Ich glaubte einen Schimmer von Widerwillen auf dem sonst unbewegten Gesicht Dana Holtzers zu erkennen.

»Darüber will sie sich gerade mit Ihnen unterhalten.«

»Lassen Sie mich sehen. Walter hat vor längerer Zeit ein Drehbuch für sie geschrieben.«

»Seitdem sind sie befreundet.«

»Würden Sie meinen, daß ihr Problem sich mit meiner Arbeitsweise verträgt?«

Sie überlegte. »Ich denke schon. Ich kenne nicht alle Einzelheiten.«

»Sind Sie nicht ihre Vertraute?«

»In den meisten Angelegenheiten. Aber wie ich schon sagte, ich kenne nicht alle Einzelheiten. Aber es handelt sich um sehr persönliche Dinge. Es geht um etwas, was sie zurückbekommen möchte. Etwas, das von großem Wert für sie ist.«

»Ich kann nichts versprechen. Aber ich werde sie anhören. Wann?«

»Gleich, wenn es Ihnen möglich ist, Mr. McGee.« Die Sinfonie verklang, ich schaltete das Gerät ab. Als ich zurückkam, sagte Miß Holtzer: »Wir möchten nicht, daß Sie dies Dritten gegenüber erwähnen. Nicht einmal ihren Namen.«

»Ich wollte mich gerade ans Telefon hängen, um es ein paar Freunden zu erzählen.«

»Entschuldigen Sie. Ich habe mich daran gewöhnt, sie zu beschützen, wenn es mir möglich ist. Die Welturaufführung ihres neuesten Films findet am nächsten Samstagabend in acht Miami-Theatern statt. Wir sind vorzeitig hergekommen, in der Hoffnung, mit Ihnen sprechen zu können. Sie ist jetzt im Hause einer Freundin. Morgen abend zieht sie ins Strandhotel. Ab Montag wird sie alle Hände voll zu tun haben, um mit dem Vortrubel einer Uraufführung fertig zu werden.«

»Arbeiten Sie schon lange für sie?«

»Seit zwei Jahren. Ein wenig länger als zwei Jahre. Warum?«

»Ich versuche zu ergründen, in welchem Verhältnis Sie zu ihr stehen.«

»Privatsekretärin.«

»Beschäftigt sie viele Angestellte?«

»Eigentlich nicht. Wenn wir unterwegs sind, läßt sie sich nur von mir, ihrem Mädchen, ihrer Friseuse und dem Mann von der Agentur begleiten. Im übrigen wäre es mir lieber, Sie würden *ihr* diese Fragen stellen. Könnten Sie sich fertigmachen, um mit ihr zu sprechen?«

»In Miami?«

»Ja. Ein Wagen wartet, Mr. McGee. Kann ich... kann ich ein Telefongespräch führen?«

Ich führte sie in die Hauptkabine. Sie suchte in einem schwarz eingebundenen Notizbuch nach der Nummer. Sie wählte die Vermittlung und ließ die Verbindung herstellen.

»Mary Catherine?« fragte sie. »Bitte richten Sie ihr aus, daß ich unseren Freund mitbringe. Nein, das ist alles. Ja, sehr bald. Danke.«

Sie stand auf und musterte den Raum. Ich konnte nicht feststellen, ob das breite Bett sie amüsierte oder ihr mißfiel. Ich hätte ihr fast erzählt, wie ich das Boot mit der ganzen Einrichtung erstanden hatte: bei einer langen Pokersitzung. Mein Partner hatte als letztes seine Geliebte eingesetzt, wohl von der Überlegung ausgehend, daß Bett und Geliebte zusammengehörten. Seine Freunde hatten ihn mit sanfter Gewalt vom Pokertisch geführt und mich so des delikaten Problems enthoben.

Miß Holtzer aber verkündete, daß sie sich selbst Kaffee einschenken würde, damit ich Zeit hätte, mich umzukleiden. Ich schlüpfte in einen dunklen Anzug und legte sogar eine der so stiefmütterlich behandelten Krawatten um. Als wir in den Aufenthaltsraum zurückkehrten, sagte Skeeter: »He, ihr beiden. Seht euch diese Maus eine Minute an!«

Sie zeigte uns die gerade vollendete Zeichnung. »Das ist Quimby in dem Augenblick, als sie entdeckt, daß sie wirklich eine Maus ist. Die Katze dort hat es ihr erzählt. Sie ist erledigt. Sie hielt sich für einen Rassehund mit ellenlangem Stammbaum.«

»Eine schreckliche Entdeckung«, sagte Dana Holtzer.

Skeeter nickte. »Und das nach ihren endlosen Versuchen, bellen zu lernen.«

Die beiden lächelten sich zu. »Dana Holtzer, Mary Keith – genannt Skeeter«, sagte ich. »Wir müssen uns beeilen, Skeet, vergiß nicht, alles dicht zu machen, wenn du gehst, bevor ich zurück bin. Und bediene dich, wenn du hungrig bist.«

Sie war schon wieder völlig in ihre Arbeit vertieft. Miß Holtzer und ich eilten in den Wind hinaus und schlugen die Richtung zum nächsten Parkplatz ein. Dana sagte: »Sie scheint ein sehr nettes Mädchen zu sein und Talent zu haben. Ist sie Ihre spezielle Freundin?«

»Ihr Apartment ist frisch gestrichen worden, daher lasse ich sie auf dem Boot arbeiten. Sie muß einen Termin einhalten.«

Drei Schritte weiter war Miß Holtzer wieder in ihre Sekretärinnenhaut geschlüpft. Die Maus hatte sie für Sekunden lebendiger und jünger gemacht, aber es war nicht ihre Gewohnheit, Gefühle zu zeigen. Sie wurde dafür bezahlt, daß sie ihre Aufgabe erfüllte.

Eine blitzende schwarze Chryslerlimousine wartete auf uns. Der Chauffeur legte die Hand an den Mützenschirm und öffnete uns die Tür. Er trug eine taubenblaue Uniform mit silbernen Knöpfen und sah aus wie ein US-Senator vom Fernsehen.

»Miß Deans Wagen?« fragte ich.

»Oh, nein. Er gehört den Leuten, bei denen wir wohnen.«

»Wann sind Sie angekommen?«

»Gestèrn.«

»Inkognito?«

»Ja«, sagte sie. »Mit einer Chartermaschine.«

Eine Glaswand trennte den ausrasierten Nacken des Fahrers von uns. Miß Holtzer hatte das Gesicht abgewandt, sie blickte in den grauen Tag hinaus.

»Miß Holtzer.«

»Ja?« Höflich wandte sie mir das Gesicht wieder zu.

»Ich wüßte gern, ob ich mich irre oder recht habe. Ich habe den Eindruck, daß Sie mit diesem Sonderauftrag nicht ganz einverstanden sind.«

Ein Schimmer von Belustigung huschte über ihre Züge. »Ist das so wichtig für Sie, Mr. McGee?«

»Bisher glaubte ich es nicht.«

»Mr. McGee, in den vergangenen Jahren habe ich so viele sonderbare Aufträge erhalten, daß ich längst mit den Nerven fertig wäre, wenn ich mir jedesmal den Kopf zerbrochen hätte.«

»Dann vermeiden Sie es also, eine eigene Meinung zu haben?«

»Außer, wenn es von mir erwartet wird. Ich werde dafür bezahlt, Meinungen zu haben. Juristische Meinungen, Steuermeinungen, künstlerische Meinungen. Sie hört mir zu, um dann ihre eigene Entscheidung zu treffen. Sie ist nicht sonderlich erbaut, wenn man ihr ungefragt eine Meinung aufschwatzen will.«

»Und der Job macht sich bezahlt?«

»Er entschädigt mich für meine Arbeit.«

»Ich glaube, ich gebe es auf.«

Mit einem kaum merklichen Achselzucken wandte sie sich wieder ab, um aus dem Fenster zu sehen. Sie gab mir Gelegenheit, ihr schnippisches Profil zu betrachten. Ihre Wimpern waren außerordentlich lang, schienen aber trotzdem Naturgewächs zu sein. Der leichte Duft eines verwirrenden Parfüms wehte zu mir herüber.

2

Das Haus lag auf einer privaten Insel, die über einen kleinen Damm zwischen Miami und Miami Beach zu erreichen war. Ein Gärtner öffnete das reichverzierte Tor. Der Wagen rollte über knirschenden Kies und durch sorgsam gepflegten Dschungel und hielt vor einer Festung aus rosa und weißem Stuck.

Miß Dana führte mich eine halbe Treppe hinauf in eine angenehm warme Diele. Ich nahm auf einem babylonischen Thron unter einem schwarz blitzenden Wappen an der Wand Platz. Kein Laut war im Haus zu hören. Dana ging hinaus und kam ohne Hut und Handtasche zurück. Sie winkte mir mit der Würde einer erfahrenen Oberschwester zu, und ich folgte ihr über einen getäfelten, mit dickem Teppich ausgelegten Gang.

Sie klopfte an eine Festungstür und ließ mich in einem Raum allein, offensichtlich im Gastzimmer. Auch hier Wandtäfelung und ein kostbarer Teppich. Der Raum war unwahrscheinlich hoch, sieben bleiverglaste Bogenfenster reihten sich an einer einzigen Wand aneinander. Schwarze spanische Möbel. Der Mittelteil des Raumes war versenkt. An einem erhöhten Ende befand sich ein riesiges Bett mit einem Baldachin. Am anderen Ende gruppierten sich Couch und Sessel vor einem kleinen offenen Kamin. Neben dem Bett befanden sich zwei Türen. Durch die eine, die halb offenstand, konnte man in einen Ankleideraum blicken, in dessen Mitte sich Koffer und Reisetaschen türmten. Die andere Tür war geschlossen, Wasser rauschte leise dahinter.

Obwohl alle Vorhänge geöffnet waren, erfüllte mattes Dämmerlicht den Raum. Ich trat an ein Fenster. Tropische Bäume beschatteten es. Gepflegter grüner Rasen war zu erkennen. Durch die Blätter hindurch sah man links die helle Ecke eines weißen Swimming-pools.

Die Tür zum Bad öffnete sich plötzlich, und Lysa Dean kam

heraus. Sie war nicht kleiner, als ich erwartet hatte. Sie war mir von der Vista-Vision-Leinwand in Großaufnahme in Erinnerung – in jedem ihrer leicht schräggestellten graugrünen Augen hätte man einen Volkswagen unterbringen können. Sie trug flache Sandalen mit goldenen Riemen und bunt schillernde Hosen, die so eng wie eine Tätowierung anlagen. Die Bluse aus pelzartigem Material war tief ausgeschnitten und hatte Dreiviertelärmel. Sie sah aus, als hätten Skeeters Quimby und zweihundert ihrer Verwandten die blassen Bauchfelle dafür hergegeben. Das lose geknotete Halstuch aus grüner Seide war im Farbton genau auf den einzigen Schmuck abgestimmt, den Lysa Dean am kleinen Finger der linken Hand trug – ein Smaragd von der Größe eines Zuckerstückes.

Mit ausgestreckter Hand, das Lächeln herzlicher Freude einer Frau im Gesicht, die ihren zurückkehrenden Geliebten begrüßt, kam sie auf mich zu. Als ich ihre Hand nahm, wandte sie sich leicht ab, so daß das gedämpfte Tageslicht voll auf ihr Gesicht fiel. Es ist das grausamste Licht, in dem man eine Frau sehen kann, aber es tat ihrer Schönheit keinen Abbruch. Wenn meine Schätzung stimmte, war sie etwa dreiunddreißig. Aber sie wirkte, ohne sich anstrengen zu müssen, wesentlich jünger. Sie war schlank, ihr klarer Blick verriet Vitalität. Ihre Haut war zart und makellos, und ihre Bewegungen waren so sorgsam abgemessen, daß ihre Haltung nicht affektiert wirkte.

Aber ich kannte genug Frauen ihrer Art und wußte, daß dies nur eine ihrer Rollen war. Die verführerische Frau, die nicht beim Film ist, hat fünf oder sechs verschiedene Gesichter. Eine Frau wie Lysa Dean mußte über Dutzende verfügen, und sie hatte das der ewigen Unschuld für mich gewählt.

Sie arbeitete mit dem alten Trick der Leute vom Fach, indem sie ihrem Gesprächspartner dicht auf den Leib rückte. Normale Menschen halten bei einer Unterhaltung ihre Gesichter einen guten Meter voneinander entfernt. Sie verkürzte diesen Abstand auf zwanzig Zentimeter, mit dem Erfolg, daß ihr heißer Atem meine Haut traf und daß ihre Brust, die sich straff unter der hauchdünnen Bluse abzeichnete, sich nur wenige Zentimeter von mir entfernt befand.

»Walts Freunde...«, begann ich albern.

»Ich schätze diesen Mann.« Sie war einen halben Schritt zurückgetreten und musterte mich mit geneigtem Kopf. »Er sagte, daß Sie groß seien, Travis, aber er vergaß zu sagen, wie groß. Trav nannte er Sie. Also Trav. Ich bin Lee für meine Freunde. Lieber Trav, er erzählte mir, daß Sie groß und wild aussähen, manchmal sogar richtig gefährlich, aber er sagte nichts davon, daß Sie ein so verdammt gutaussehender Bursche sind.«

»Ein netter Kerl«, sagte ich lahm.

»Es ist mächtig nett von Ihnen, daß Sie mir helfen wollen.«

»Ich habe nichts dergleichen gesagt.«

Sie lächelte und stand nachdenklich eine Sekunde reglos da. Ihre Jackettkronen blitzten zwischen feuchten Lippen. Um die grüne Iris ihrer Augen tanzten goldfarbene Pünktchen. Ihre Brauen bildeten sorgsam gepflegte rotgoldene Bögen, unter denen sich dunklere, ungewöhnlich lange Lider bewegten. Eine kaum sichtbare dunkle Andeutung zierte die Oberlippe. Sie hatte den Kopf leicht geneigt und musterte mich von unten.

Plötzlich wußte ich, woran sie mich erinnerte. An eine Füchsin, eine schnelle rote Füchsin. An einem Frühlingsmorgen hatte ich in den Adirondacks eine läufige Füchsin gesehen, die mit erhobener Rute vor einem Hund einherspazierte und sich von Zeit zu Zeit umsah, um festzustellen, ob er ihr noch folgte.

Lysa Dean wandte sich abrupt ab und ging auf die Couchgruppe am Kamin zu.

»Aber Sie werden mir doch helfen«, sagte sie leise.

Ich folgte ihr. Sie kauerte sich mit angezogenen Beinen auf die Couch, nahm sich eine Zigarette aus dem Kästchen auf dem Tisch. Ich gab ihr Feuer. Sie stieß den Rauch durch die Nase aus, lächelte und sah mich aus großen Kinderaugen an.

»Sie sind eine Erholung, Trav McGee.«

»Wie soll ich das verstehen, Lee?«

»Sie sagen nicht, was ich sonst immer zu hören bekomme. ›In diesem Film haben Sie mir besonders gefallen. In jenem Streifen waren Sie großartig. Ich lasse mir keinen Film mit Ihnen entgehen. Sie sehen in Wirklichkeit noch besser aus als auf der Leinwand.‹ Sie wissen, was ich meine.«

»Damit fange ich an, wenn ich Sie um ein Autogramm bitte.«

»Fürchten Sie, sich beeindrucken zu lassen. Oder kümmert es Sie tatsächlich nicht? Sie bringen mich in Verwirrung, Trav.«

»So wie Ihre Miß Holtzer mich in Verwirrung brachte.«

»Dana ist ein Prachtstück. Sie hält mit ihrer Meinung nicht hinter dem Berg.«

Ich zuckte die Achseln. »In diesem Film haben Sie mir besonders gefallen. In jenem Streifen waren Sie großartig. Sie sehen wirklich blendend aus.«

Wieder verhielt sie sich reglos. Es war ein seltsames Gefühl, ihr so nahe zu sein. Ich wußte, daß Millionen Männer mich um diesen Augenblick beneideten. Ich wußte auch, daß sie mich physisch beeindruckte. Und daß ich auf der Hut sein mußte, ihren Reizen nicht zu erliegen.

»Entschuldigen Sie mich bitte«, sagte sie höflich und verschwand mit geschmeidigen Bewegungen im Ankleidezimmer. Sie kam mit einem großen Manilaumschlag zurück und legte ihn neben dem Zigarettenkästchen auf den Tisch.

»Das große Möbel da drüben ist eine Bar«, sagte sie. »Bedienen Sie sich, wenn Sie etwas möchten. Ich hätte gern einen Sherry. Ein halbes Glas bitte.«

Als ich an die Bar ging, hob sie die Stimme. »Es ist so schwer, weil ich nicht weiß, wo ich anfangen soll. Sie machen es mir nicht leichter.«

»Erzählen Sie mir von Ihrem Problem. Sie haben es Walt auch erzählt, nicht wahr?«

»Einen Teil. Aber ich nehme an, Sie legen Wert darauf, alles zu erfahren.«

»Ja, wenn ich Ihnen helfen soll.«

Als ich mit den Drinks an den Tisch zurückkehrte, sagte sie: »Berühmtheit! Wenn alle, die gern berühmt wären, wüßten, was das bedeutet, würden sie vielleicht darauf verzichten. Man steht im Mittelpunkt aller möglichen Interessen. Smarte Burschen schmieden Pläne, wie sie sich von dem Ruhm eine

Scheibe abschneiden können. Man kann nicht einen einzigen unbeobachteten Schritt machen.«

Dies war ihre neue Pose. Die leidende Berühmtheit. Die Verantwortung der Öffentlichkeit gegenüber. Sie nippte an ihrem Wein. Ich setzte mich.

Sie bedachte mich mit einem traurigen Lächeln. »Es ist es nicht wert, verstehen Sie? Aber man muß erst soweit wie ich darin stecken, um es zu begreifen. Und dann ist es zu spät. Man kann nicht mehr zurück. Die Garbo hat noch heute ihr Gefolge. Wie lange ist es her, seit sie den letzten Film machte? Wenigstens tausend Jahre. Gewiß, es gibt auch Genugtuungen. Aber die Dinge, die ich wirklich schätze – Zufriedenheit, Freundschaften, Heirat –, sie lassen sich nicht mit dem andern vereinbaren. Ich lebe in schrecklicher Einsamkeit, Trav. Nicht anders, als lebte ich allein auf einem hohen Berg.«

»Dafür bezahlt man Sie.«

»Und nicht schlecht, wie ich zugebe. Ich hatte gute Ratgeber. Ich besitze eine Menge Geld. Natürlich ist es in verschiedenen Unternehmen angelegt, aber wenn ich alles zusammenzähle, kommt eine hübsche Summe heraus. Das ist auch der Grund, warum ich alles versuche, um mir Ärger zu ersparen.«

»Erpressung?«

Sie setzte das Glas ab, stand schnell auf und wanderte unruhig hin und her. »Können Sie verstehen, wie wertvoll es für mich ist, ab und zu ich selbst sein zu können? Wie jetzt hier mit Ihnen. Wir unterhalten uns wie zwei normale Menschen. Ich brauche Ihnen kein Theater vorzuspielen. Ich muß ab und zu vergessen, daß ich Lysa Dean heiße, muß mich daran erinnern, daß ich in Wirklichkeit Lee Schontz aus Dayton, Ohio, bin, die Tochter eines Feuerwehrmannes.« Sie wirbelte herum und blieb so dicht vor mir stehen, daß ich die Wärme ihres Körpers spürte. »Können Sie verstehen, daß dies in der menschlichen Natur liegt?«

»Man kann nicht Tag und Nacht so leben, wie es die Öffentlichkeit gern sähe.«

»Ich danke Ihnen für Ihr Verständnis.«

Dies war wieder eine neue Rolle. Ich nahm an, ihre Worte

stammten aus einem alten Film und wurden zitiert, weil sie hierher paßten.

»Wenn ich das tue... wenn ich vergesse, dann bin ich am verwundbarsten.«

»Gewiß.«

»Ich lege großen Wert darauf, daß Sie mich verstehen. Ich bin wirklich nicht sehr kompliziert, Trav. Ich bin ein Mensch wie jeder andere. Es gibt Zeiten, die mich verzweifelt und selbstzerstörerisch sehen. Zu andern Zeiten tue ich die verrücktesten Dinge. Manchmal kümmert es mich nicht im geringsten, was andere über mich denken.«

»Gewiß.«

Sie streckte den Arm aus, strich mir mit dem Finger über die Wange, wirbelte herum und setzte sich wieder. »Ich weiß, daß Sie keine Zimperliese sind. Wenn ich mich mit Ihnen unterhalte, muß es sein, als spräche ich mit meinem Arzt oder mit meinem Anwalt. Aber es fällt mir schwer, darüber zu sprechen.«

»Was geschah?«

Sie seufzte und machte ein betretenes Gesicht. »Ein Mann lief mir über den Weg. Natürlich. Er war ein sehr aufregender Mann. Wenigstens wirkte er auf *mich* aufregend. Die Geschichte liegt jetzt achtzehn Monate zurück. Wir hatten gerade ›Die große Lüge‹ abgedreht. Ich war im wahrsten Sinne des Wortes völlig erschöpft, ging aber mit Carl auf und davon. Carl Abelle. Er hatte eine Skischule. Aber es war nicht das Richtige. Wir waren nie allein. Bis er dann etwas für uns fand. Ein fantastisches kleines Haus. Kennen Sie Kalifornien? Es lag dicht bei Point Sur, ein Haus, das am Abhang klebte. Es gehörte Freunden von ihm mit dem Namen Chipman. Wir waren endlich allein, nur wir beide.«

Sie blickte in die Ferne und schien die Gegenwart vergessen zu haben.

»Ja?«

»Trav, ich stehe fast ständig unter höchster geistiger und körperlicher Anspannung. Ich arbeite schwer.«

»So daß Sie sich gehenlassen, wenn Sie von diesem Zwang befreit sind?«

»Mehr als jeder andere, nehme ich an. Ich brauche diese kurzen Zeiten, in denen nicht jeder meiner Schritte, jede meiner Gesten beobachtet werden. Verdammt, ich will endlich einmal nichts anderes als Frau sein. Ich habe eine leidenschaftliche Natur, halte sie aber unter Kontrolle. Bis sich Situationen wie die vor achtzehn Monaten ergeben. Mit Carl. Ich brauche das. Ich brauche eine bestimmte Sorte von Mann. Dann geschieht es, daß alles, was sich in mir aufgespeichert hat...«

»Sie brauchen nicht weiterzusprechen. Ich nahm nicht an, daß Sie Ihre Freizeit in einem Kloster verbrachten, Miß Dean. Das widerspräche übrigens auch meinen Ansichten.«

»Ich wollte Ihnen nur erklären, wie es dazu kam. Es war ein Ort, an dem wir uns völlig allein und unbeobachtet fühlten. Carl erledigte die Einkäufe, er brachte die Lebensmittel, die wir brauchten und sorgte auch für die Getränke. Eine in den Fels gehauene Treppe führte auf einen kleinen Strandweg, der bei Flut nicht begehbar war. Zum Ozean hin lag eine breite Terrasse, auf der man Sonnenbäder nehmen konnte. Eine niedrige Mauer umgab sie. Luftmatratzen und Kissen in allen Farben stapelten sich in einer Ecke. Wir hatten es so eingerichtet, daß wir drei Wochen für uns haben würden. Ich nehme an, das war zu lange. Wir waren wunderbar füreinander geschaffen, im physischen Sinn, meine ich. Wir wußten das natürlich, bevor wir uns auf den Weg machten. Carl wirkt nur auf dem Skihang und im Bett aufregend. Eine Woche lang konnte wir nicht genug voneinander bekommen. Tage und Nächte gingen ineinander über, ohne daß wir es wahrnahmen. Wir aßen, wenn wir hungrig waren, schliefen, wenn die Müdigkeit uns überwältigte. Als die Leidenschaft abzuflauen begann, fingen wir an zu trinken. Und verbrachten immer mehr Zeit auf der Sonnenterrasse. Ich wußte, daß ich zu braun wurde, aber ich war so faul und entspannt, daß es mich nicht kümmerte. Ich trank viel Wodka. Die heiße Sonne und der Wodka hielten mich in einem ständigen Dämmerzustand. Wir benahmen uns wie Menschen, die sich völlig allein fühlen. Gelegentlich sahen wir weit draußen ein Boot oder ein Flugzeug am Himmel. Das Telefon war abgeschaltet. Ich hatte ein kleines Radio. Sie müssen verstehen, daß es einfach nichts gab, das uns wichtig erschien. Verstehen Sie das, Trav?«

»Vollkommen.«

»Jedenfalls mochten etwa zwei Wochen vergangen sein, als wir verschiedene Dinge brauchten. Carl fuhr in die Stadt, um die Besorgungen zu erledigen. Er machte sich am frühen Nachmittag auf den Weg. Er blieb so lange aus, daß ich ihn zum Teufel wünschte. Ich hielt mich an den Wodka, und als Carl zurückkam, war ich ziemlich voll. Er brachte zwei fremde Wagen mit, und plötzlich stürmte eine ganze betrunkene Bande auf die Terrasse. Fünf Männer und drei Mädchen. Er kannte eines der Mädchen vom Skiunterricht. Er war in der Stadt über sie und ihre Begleiter gestolpert, und sie hatten das Wiedersehen tüchtig begossen. Dann beschlossen sie, in unserm Haus eine Party zu veranstalten. Sie staunten nicht schlecht, als sie erkannten, wer Carls Mädchen war. Sie hatten Mengen von Delikatessen, Bier und scharfen Sachen mitgebracht. Ich war wütend auf Carl, aber da sie mich erkannt hatten, war der Schaden nicht mehr zu beheben. Also zum Teufel damit. Ich nehme an, daß Carl mich zu langweilen begann und ließ jede Vorsicht außer acht. Die Männer waren in Ordnung, und die Mädchen standen ihnen nicht nach. Es wird mir wohl nichts anderes übrigbleiben, als Ihnen alles zu erzählen. Es wurde jedenfalls ein toller Abend, und am nächsten Nachmittag fielen die letzten Schranken, als es Sonny gelang, Whippy, das schüchternste Mädchen, so betrunken zu machen, daß sie sich widerstandslos aus ihrem Badeanzug schälen ließ. Von diesem Augenblick an hatte niemand mehr Hemmungen. Der Alkohol hatte sie fortgeschwemmt. Es kam, wie es kommen mußte. Das alte Spiel ›Bäumchen, wechsle dich‹. Es war das erste- und letztemal, daß ich mich in einer solchen Situation befand. An der Riviera ist dergleichen gang und gäbe. Für mich war es neu und aufregend; es beleidigte mich nicht. Und ich war zu betrunken, um mir darüber klarzuwerden, wie gefährlich so etwas für mich sein konnte. Ich hatte die Dinge ja nicht heraufbeschworen. Carl hatte die Leute mitgebracht, und ich konnte sie schlecht aus einem Haus werfen, das mir nicht gehörte. Um es kurz zu machen – die Party dauerte vier Tage. Als ich nach Brentwood zurückkehrte, brauchte ich Wochen, um wieder in Form zu kommen. Was hinter mir lag, schien mir wie ein Traum. Dann, es war Ende August, bekam ich einen dikken Brief mit der Post. Er enthielt zwölf Fotografien, achtzehn mal vierundzwanzig, Hochglanz. Es besteht ein Unterschied zwischen den Dingen, an die man sich erinnert, und den harten Tatsachen, wenn sie einem als Fotos präsentiert werden. Man sieht sich selbst und ... Mein Gott, ich brachte an diesem Tage keinen Bissen herunter.«

Sie schloß sekundenlang die Augen und fuhr dann fort: »Es war ein Zufall, daß Dana, die sonst meine Post öffnet, den Brief nicht in die Hände bekam. Bei den Aufnahmen lag ein Zettel. Ich habe ihn aufbewahrt. Er lag die ganze Zeit in meinem Safe. Hier ist er.«

Sie nahm ihn aus dem Umschlag und gab ihn mir. Die Mitteilung war offensichtlich auf einer elektrischen Maschine geschrieben worden.

»Haben Sie den Umschlag aufbewahrt?«

»Diesen nicht. Der Brief war auf der Hauptpost von Los Angeles aufgegeben. Als ganz gewöhnliche Sendung. Er trug nicht einmal den Vermerk ›Persönlich‹. Ein Absender war nicht angegeben. Lesen Sie ihn.«

Ich las: ›Liebe Lysa. Sie sind praktisch veranlagt. Sie wissen, wie in der Filmindustrie Geschäfte gemacht werden. Sie haben also keine Wahl. Ich habe zehn komplette Serien der beigefügten Aufnahmen und wüßte, wie ich sie verteilen muß. Ich empfehle also eine Kapitalanlage. Ratenzahlung gestattet. Zehntausend in gebrauchten Scheinen jedesmal. In unauffälliges weißes Papier verpackt, sicher verschnürt. An jedem Sonntagabend, beginnend mit dem nächsten Sonntag, werden Sie oder Ihre dunkelhaarige Sekretärin eine kleine Spazierfahrt unternehmen. Sie müssen genau um Mitternacht im Narana Kai Drive-in am Topanga Beach eintreffen. Bestellen Sie etwas und gehen Sie, das Päckchen klar in Sicht, zu den öffentlichen Telefonzellen. Ein Telefon wird zu läuten beginnen. Zählen Sie das Aufläuten sorgfältig. Warten Sie, bis der Apparat genausooft zum zweitenmal geläutet hat. Gehen Sie zu Ihrem Wagen zurück. Merken Sie sich den Kilometerstand genau. Verlassen Sie das Drive-in Punkt 0.30 Uhr. Fahren Sie auf der Bundesstraße 101 nach Westen. Halten Sie sich ganz rechts, das rechte Fenster geöffnet, das Päckchen griffbereit. Halten Sie Ausschau nach einem Licht rechts in Fahrtrichtung. Gehen Sie mit der Geschwindigkeit auf 35 Meilen herunter und bleiben Sie soweit rechts wie möglich. Werfen Sie das Päckchen aus dem Fenster, sobald Sie ein kleines grünes Licht zweimal aufblitzen sehen. Blinkt es zweimal Rot, so nehmen Sie das Geld wieder mit nach Hause und wiederholen dasselbe Manöver am nächsten Sonntag. Sie erhalten jedesmal für Ihre Lieferung ein Negativ und alle Abzüge, die davon gemacht wurden. Das Material geht Ihnen per Post zu. Wenn alles glatt verläuft, wenn Sie nicht auf dumme Gedanken kommen, sollte die ganze Angelegenheit in zwölf Wochen erledigt sein.‹

»Verteufelt kompliziert«, sagte sie.

»Aber fast narrensicher. Zwei Personen können alles ohne großes Risiko durchführen. Eine im Drive-in nahe den Telefonzellen. Sobald Sie das Aufläuten gehört haben, ruft der Betreffende seinen Helfer an, der dann seinen Platz einnimmt: Er hat die Möglichkeit, sich zu vergewissern, daß sich niemand in Ihrem Wagen verbirgt. Er folgt Ihnen, bis er sicher ist, daß alles in Ordnung geht, dann überholt er Sie und gibt seinem Helfer das Signal, das grüne Licht zu benutzen. Wirklich nicht dumm. Schwierig, ihnen eine Falle zu stellen. Was ging schief?«

»Nichts. Jedenfalls damals nicht. Ich zahlte. In einer Nacht bekam ich rotes Licht. Ich weiß nicht warum. So dauerte es dreizehn Wochen. Ich bekam die Unterlagen durch die Post. Die schlimmsten Aufnahmen kamen zuletzt. Dana lieferte das Geld ab. Sie hat bessere Nerven als ich.«

Sie sprang auf, ihr Gesicht färbte sich dunkel. »Starren Sie mich nicht so an, McGee. ›Die große Lüge‹ verschlang sieben Millionen. Jeder Film ist ein Risiko. Der Bursche, der den Zettel schrieb, kennt sich in der Branche aus. Er wußte, daß ich nach seiner Pfeife tanzen mußte. Es ist nicht mehr wie in den alten

Tagen, als man auf den Schutz der Studios zählen konnte. Jeder Film ist ein Risiko für sich. Es gibt heute etwa zehn Männer, die gemeinsam das Geld für einen Monsterfilm aufbringen können. Stellen Sie sich vor, jeder von ihnen bekäme eine Serie dieser Aufnahmen. Bilden Sie sich ein, sie würden mir noch eine Chance geben? Diese Fotos sind Gift. Was bedeuten 120000 Dollar, verglichen mit dem, was für mich noch in zukünftigen Filmen steckt? Ich machte einige Anlagen, die nicht allzuviel einbrachten, flüssig und zahlte. Erzählen Sie mir nicht, was ich hätte tun sollen.«

Sie hatte eine gute Vorstellung gegeben, die ich bewunderte. »Wie soll ich Ihnen helfen, wenn Sie das wahre Geschehen verschleiern?«

»Was, zum Teufel, meinen Sie?« schrie sie.

»Das einzige, was die Industrie interessiert, ist Geld. Ihr Name auf einer Ankündigung bringt dieses Geld. Genau wie bei Liz, Frankie, der Schwedin, Mitchum, Ava, die auch nicht immer Engel waren. Die sittenstrengen Zeiten sind vorbei. Es gibt keine öffentlich gesteuerte Meinung mehr, die Sie von der Leinwand vertreiben könnte. Wenn Sie ein wenig in Mißkredit geraten, gibt Ihr Public-Relations-Manager Ihnen den Rat, ein Tierasyl zu stiften, und ganz Amerika liebt Sie närrisch. Hören Sie also auf, mir Theater vorzuspielen.«

Sie maß mich abwägend. »Smarter Bursche«, sagte sie.

»Was zwang Sie also, zu zahlen?«

»Verschiedene Kleinigkeiten. Vor einiger Zeit gab ich mich zu arrogant. Ich verzögerte die Herstellung und brachte das Budget in Unordnung. Mag sein, daß einige Leute seitdem nicht mehr mit mir arbeiten wollen. Ich sah noch zur Zeit ein, daß ich etwas falsch gemacht hatte. Ich las die Zeichen an der Wand. Wie bei der Monroe und bei Brando, verstehen Sie? Aber die Leute blieben nervös. Von Zeit zu Zeit gab es neue Aufregung. Nicht so schlimm wie mit den Fotos, aber in der gleichen Richtung. Jedenfalls schien es mir kaum der geeignete Zeitpunkt, die maßgebenden Leute noch mehr unter Druck zu setzen.«

»Und?«

»Boy, Sie wollen wirklich alles wissen, stimmt's?«

»Ich habe gelernt, daß es weiterhilft.«

»Ich habe einen sehr lieben Freund. Er ist sehr fromm und sehr konservativ. Ihm gehören ein paar appetitliche Happen in Kalifornien und Hawaii. Wenn er den Vatikan dazu bringen kann, ein gewisses Dokument zu unterzeichnen, so daß er frei wird, brauche ich mir mein Leben lang keine Sorgen mehr zu machen. Eine von den Fotoserien wäre an einen Mann gegangen, der sich verpflichtet gefühlt hätte, sie meinem Freund zu zeigen. Und das hätte den Schlußstrich bedeutet.«

»Darum geht es Ihnen also in Wirklichkeit?«

Sie feuchtete ihre Lippen an. »Bei Gütergemeinschaft die Hälfte von süßen achtzig Millionen, Honey. Ich bin sein kleiner, treuer Liebling. Das machte die ganze Sache noch schwieriger. Sonst hätte ich mir von einem alten Kumpel in Vegas ein paar Muskelmänner geborgt und auf den Clown von Fotografen losgelassen. Das ist eine Sache, mit der sie fertig geworden wären, aber sie sind nicht smart genug, die Dinge jetzt noch zurechtzubiegen. Bevor man wettet, zählt man, was im Topf ist. Und das war nicht nur *mein* Geld, sondern auch das dicke Konto meines Freundes. Also zog ich es vor zu zahlen.«

»Wobei Sie hofften, daß die Angelegenheit damit aus der Welt geschafft wäre. Was aber nicht der Fall war. Eine Frage nebenbei: Kann er sich mit seiner Kirche einigen?«

»Ich war nie nach seinem Glauben verheiratet. In diesem Punkt gibt es also keine Schwierigkeiten. Nebenbei bemerkt, McGee, Dana weiß nichts von den Plänen, die ich mit meinem Freund habe.«

Ich fragte sie, wie die Aufnahmen ihrer Meinung nach gemacht worden sein konnten.

»Mit einem Teleobjektiv«, sagte sie. »Man sieht es an den Randverzerrungen. Südlich vom Haus befand sich ein kleiner Felshügel mit Bäumen, der das Haus überragte. Von dort müssen die Aufnahmen gemacht worden sein. Der Blickwinkel stimmt jedenfalls. Der Mann muß eine halbe Gemse gewesen sein und über ein erstklassiges Teleobjektiv verfügt haben.«

»Gab der Brief selbst einen Fingerzeig, der auf jemand in Ihrem Bekanntenkreis hingewiesen hätte?«

»Nein. Ich habe die Zeilen wieder und wieder gelesen. Der Mann muß irgendwann eine Beziehung zur Filmindustrie gehabt haben, und ich habe den Eindruck, daß er so tat, als kenne er mich. Aber er nannte mich Lysa statt Lee. Das kann natürlich auch ein Trick sein, um mich auf eine falsche Spur zu führen. Ebenso, daß er mich Entchen nennt, wie es ein Engländer tun würde.«

»Welche Größe hatten die Negative?«

»Sie waren klein. Etwa so.« Sie deutete die Größe eines 33-mm-Films an.

»Haben Sie sie jedesmal mit den Abzügen verglichen?«

»Sicher. Aber oft waren die Aufnahmen nur Vergrößerungen eines Teils der Negative.«

»Sie hatten den letzten Betrag also vor über einem Jahr bezahlt und dachten, die Geschichte wäre erledigt. Wann ging es wieder los?«

»Vor knapp zwei Monaten. Anfang Januar. Ein alter Freund versuchte im Sands in Vegas ein Comeback, und wir flogen alle hin, um ihm dabei zu helfen. Alle Zeitungen berichteten von unseren Plänen. Dana begleitete mich. Wir hatten eine Suite im Desert Inn. Jemand ließ den Brief beim Empfang im Sands, wahrscheinlich in der Annahme, daß wir dort wohnen würden. Sie schickten mir den Brief mit einem Boten zu. Dana nahm ihn in Empfang. Ich wachte gerade von einem kurzen Schlaf auf. Dana kam mit einem Gesichtsausdruck, wie ich ihn noch nie gesehen hatte, ins Zimmer und gab mir den Brief. Sie hatte ihn geöffnet. Er enthielt eine neue Serie der Aufnahmen. Wieder war kein Absender angegeben. Beim Empfang im Sands konnten sie sich auch nicht entsinnen, wer den Brief gebracht hatte. Dana wollte sofort ihre Stellung bei mir aufgeben. Sie ist ein komisches Mädchen. Ich mußte ihr die ganze Sache so erklären, wie ich sie Ihnen erklärte, Trav. Sie wußte natürlich sofort, wohin mein ganzes Geld geflossen war. Sie wollte nicht mehr für mich arbeiten. Ich mußte sie bitten zu bleiben. Seit sie die Aufnahmen sah, ist unser Verhältnis gestört. Ich kann ihr keinen Vorwurf machen, würde es aber trotzdem hassen, mich von ihr trennen zu müssen. Hier ist der Briefumschlag. Sie können sehen, wie die Adresse zustande kam. Jemand muß meinen Namen aus einem Fanmagazin oder etwas Ähnlichem ausgeschnitten haben. Hier ist der Zettel, der beilag.«

Einzelne Worte waren aus allen möglichen Zeitungen ausgeschnitten und auf billiges gelbes Papier geklebt worden. Der Inhalt hatte folgenden Wortlaut: ›Schamlose Hure von Babylon, Du wirst durch das Schwert des Anstandes umgebracht werden, und Geld wird Dich diesmal nicht retten, aber Du Hure des Bösen hast besser Geld bereit, wenn ich zu Dir komme, um Dir die Wahrheit zu zeigen und Dich zu richten.‹

Sie kauerte sich tiefer zusammen. »Dieser Brief hat mir das Fürchten beigebracht, Trav. Er klingt krank und verrückt und schrecklich. Er stammt bestimmt nicht von derselben Person, kann nicht von ihr stammen.«

»Dann wandten Sie sich also an Walter?«

»Nein. Ich wurde immer nervöser, je mehr ich an den Briefschreiber dachte. Ich bin auch heute noch nicht darüber hinweg. Ich war auf einer großen Party im Springs und machte, als ich zuviel getrunken hatte, eine kleine Szene. Der liebe Walter war da und nahm mich auf einen Spaziergang mit. Ich klammerte mich an ihn und weinte wie ein Baby. Und dann erzählte ich ihm von meinen Schwierigkeiten. Er sagte, er könnte mir vielleicht helfen. Wahrscheinlich kann man sagen, daß mir etwas gestohlen wurde. Mein Privatleben etwa. Und jemand will mir meine Karriere stehlen oder auch mein Leben. Ich weiß es nicht. Seitdem schleppe ich Geld mit mir herum. In Tausenddollarnoten. Fünfzig Stück davon. Ich erwarte nicht, daß Sie zurückholen, was ich bezahlt habe. Schaffen Sie es trotzdem, so können Sie die Hälfte behalten. Und wenn Sie mich von dem Wahnsinnigen befreien, gebe ich Ihnen, was ich bei mir trage.«

»Sind die Aufnahmen in dem Umschlag dort?«

»Ja. Aber müssen Sie sie sehen?«

»Ja.«

»Das habe ich befürchtet. Sie bekommen sie aber nicht zu sehen, bevor Sie mir versprochen haben, mir zu helfen. Jedesmal wenn ich an diese Zeilen denke, fühle ich mich wie ein verängstigtes Kind.«

»Es ist eine sehr kalte Spur, Lee.«

»Walter sagte, Sie seien klug und hart und hätten gewöhnlich Glück. Er sagte, Glück müsse man bei so etwas in erster Linie haben.« Sie maß mich mit einem seltsamen Blick. »Ich habe das Gefühl, daß *mein* Glück mich verläßt, Darling.«

»Wie viele Personen wissen über diese Sache Bescheid?«

»Wir vier. Sie und Dana und ich und Walter. Aber Sie wissen mehr als die zwei. Sonst keine Seele. Ich schwöre es.«

»Wäre es nicht logisch, auch Carl Abelle zu unterrichten?«

»Carl? Auf keinen Fall. Wenn gewisse Dinge vorüber sind, sind sie für immer vorüber.«

»Halten Sie es für möglich, daß er hinter der Sache steckt? Daß er das Haus mit Vorbedacht gewählt hat?«

»Ausgeschlossen. Carl ist ein netter Bursche, aber nicht sehr intelligent. Er ist so leicht zu durchschauen, daß er sich für so etwas nie eignen würde.«

»Gewöhnlich schieße ich die Spesen vor und ziehe sie ab, bevor ich meine Hälfte einkassiere. In diesem Fall scheint mir aber das Risiko zu groß.«

»Spesen bis zu fünftausend garantiert«, sagte sie ohne Zögern. »Über weiteres Geld sprechen wir dann.«

»Walt muß Ihnen gesagt haben, daß Sie mir trauen können.«

»Hatte ich eine andere Wahl? Das ist das einzig Sympathische an diesem Fall. Ich habe keine Schwierigkeiten, die richtige Wahl zu treffen. Es gibt nur einen Weg. Wollen Sie es versuchen? Bitte, tun Sie es.«

Sie ließ den Umschlag über den Tisch auf meinen Schoß segeln. »Gott weiß, daß ich nicht gerade zimperlich bin, Trav, aber ich bringe es nicht fertig, dabeizusein, wenn sich jemand die Bilder ansieht. Ich werde einen kleinen Spaziergang machen. Lassen Sie sich Zeit.«

Sie ging zu Tür, trat hinaus und schloß sie leise hinter sich.

3

Nach einer Weile schob ich die zwölf Aufnahmen in den Umschlag zurück und machte langsam einen Rundgang durch das Zimmer. Ich bin kein kleiner Junge mehr, der sich durch die Verrücktheiten anderer aus dem Konzept bringen läßt. Ebensowenig fühlte ich mich zum Sittenrichter berufen. Was ich gesehen hatte, war das Urtier im Menschen, nicht mehr und nicht weniger. Dieser Sport war nichts für mich. Wahrscheinlich auch für niemanden, den ich zu meinen Freunden zählte. Es ging um Prinzipien. Es ging um die menschliche Würde.

Und noch etwas störte mich, das ich nicht definieren konnte. Ich nahm die Fotos also wieder heraus und blätterte sie noch einmal durch. Plötzlich wußte ich, was es war. Es war die schreckliche Leere der Gesichter. Jedes der Gesichter sah trotz der erregenden Intimitäten einsam und verloren aus.

Dabei waren es, im physischen Sinne, prachtvolle Menschen. Lysa Dean bildete den Mittelpunkt jeder Aufnahme. Ihr Körper war von makelloser Schönheit. Ich fühlte mich, als hätte ich mich an den Rand eines unerhörten Paradoxons vorgetastet. Im grotesken Höhepunkt des Zusammenseins offenbarte sich die endgültige Einsamkeit des menschlichen Geistes.

Ich betrachtete die Fotos noch einmal. Ich war gespannt, ob sie mir etwas über den Zeitraum der Aufnahme aussagen würden. Aus den verschiedenen Längen der Schatten, aus den immer wieder wechselnden Gruppierungen auf der Terrasse schloß ich, daß die Aufnahmen im Laufe mehrerer Stunden, vielleicht sogar mehrerer Tage gemacht worden waren.

Lysa Dean kam bald zurück. Ihre Miene war halb Herausforderung, halb berechnete Scham. »Nun?« fragte sie.

»Ich habe nicht den Eindruck, daß Sie Ihr unbändiges Vergnügen daran hatten.«

Meine Worte verblüfften sie. Sie starrte mich an. »Sie haben recht. Mir ist, als läge das alles tausend Jahre zurück. Ich glaube, ich habe versucht, es aus meinem Gedächtnis zu streichen. Mag sein, daß ich damals ein krankhaftes Vergnügen daran spürte. Jetzt erinnere ich mich nur daran, daß ich ständig gereizt, ungeduldig und mir selbst nicht gut war. Außerdem war ich müde, entsetzlich müde, ohne daß mir Gelegenheit gegeben wurde, mich richtig auszuschlafen. Die Aufnahmen zeigen Einzelwesen. In meinem damaligen Zustand waren sie für mich eine kompakte Masse.«

»Sind diese Aufnahmen genau wie die andern, die Sie bekamen?«

»Es handelt sich um die gleichen zwölf Aufnahmen, aber sie sind nicht genau wie die andern. Sie kommen mir unschärfer, grauer vor. Ich habe natürlich nichts von den andern aufbewahrt, es gibt also keine Vergleichsmöglichkeit.«

»Wir müssen diese Aufnahmen zusammen durchgehen, damit Sie jedem Gesicht einen Namen geben können und mir erzählen, was Sie über sie wissen.«

»Ich nehme an, daß es sein muß.«

»Wie ein Gang zum Zahnarzt. Auf jeder Aufnahme sollte wenigstens *ein* Gesicht scharf sein.«

Sie schnitt eine Grimasse. »Diese Bilder versetzen meinem Stolz einen argen Stoß, Trav. Keine Frau sieht sich gern wie eine 50-Pesohure in Juarez abgebildet.«

Ich schaltete eine Lampe ein, und wir setzten uns an den Tisch im vertieften Teil des Raumes. Lysa brachte Papier und Bleistift. Ich deutete auf die Gestalten und stellte meine Fragen. Sie antwortete mit leiser, beklommener Stimme und hielt das Gesicht halb abgewandt. Ich machte folgende Notizen:

1. Carl Abelle – etwa 27 – 1,85 m groß – kräftig – blond – hat Valley verlassen – wahrscheinlich zu erreichen: Mohawk Lodge bei Speculator, New York
2. Nancy Abbott – etwa 22 – groß, dunkel, schlank, starke Trinkerin, gute Singstimme, wahrscheinlich geschieden, vielleicht Tochter eines Architekten. Nahm bei Abelle Skiunterricht in Sun Valley, wahrscheinlich Hausgast von...

3. Vance und Patty M'Gruder, wahrscheinlich aus Carmel, verheiratetes Paar Mitte Zwanzig, offensichtlich gutsituiert. Vance Segelbootnarr, Jachtrennen usw., haben Haus in Hawaii (?), Mann sehr braun, mittelgroß, breit und muskulös, vorzeitig kahlköpfig, Frau gutaussehend, sehr langes blondes Haar, streitsüchtig, starker englischer Akzent
4. Cass – kann Vorname, Nachname oder Spitzname sein. Scheint die M'Gruders erst kürzlich kennengelernt zu haben. Etwa 30. Dunkel, gutaussehend, sehr kräftig. Vielleicht Maler. Freund von...
5. Sonny – etwas jünger als Cass, schlank, kalte Augen, wirkt gewalttätig, schweigsam, Beruf unbekannt, brachte mit...
6. Whippy – etwa 19. Kupferfarbenes gelocktes Haar, Sommersprossen, vielleicht Kellnerin oder Angestellte, fürchtet Sonny.
7. Zwei Jungen vom College, auf Sommerreise. Scheinen zu der Gruppe in der Bar gestoßen zu sein, in der Abelle Nancy Abbott traf. Alter 20 bis 21. Harvey, groß, blond, gut aufgelegt, Richie kleiner und dunkel, geziertes Wesen. Cornell

Auf den besten Aufnahmen von jedem einzelnen setzte ich die Nummern meiner Aufstellung neben das dazugehörige Gesicht. Ich spürte Lysas Erleichterung, als ich die Aufnahmen wieder in den Umschlag schob.

»Wer gab den ersten Anlaß zu dem – hm – Spiel auf der Terrasse?« fragte ich.

Ich merkte, wie sie wieder reserviert wurde. »Warum? Was meinen Sie?«

»Ich kann mir nicht vorstellen, daß eine Kamera soviel Glück hat. Jemand muß die Sache inszenieren. Vielleicht war jemand anderer das eigentliche Ziel, und Sie wurden nur als erfreuliche Beigabe mitgenommen.«

»Es ist so lange her, und ich war die ganze Zeit betrunken.«

»Versuchen Sie sich daran zu erinnern, wie die Sache anfing.«

Sie stand langsam auf, trat ans Fenster und stützte die

Hände auf den Sims. Ich lehnte mich an der Schulter gegen die Wand neben dem Fenster. Sie begann zu sprechen. Ihre Stimme war leise. Ich konnte nicht viel von ihrem Profil sehen, weil die Frisur es verdeckte. Ich drängte sie nicht. Sie sollte es mir mit ihren eigenen Worten erzählen. Sie erinnerte sich nicht allzu klar, aber ich konnte mir ein Bild machen. Sechs Männer und vier Frauen am ersten Abend und in der ersten Nacht. Sie tasteten einander ab wie Boxer in der ersten Runde. Lysa war das Hauptziel der Männer, Carl ausgenommen. Gedämpftes Licht, schattige Winkel, Paare, die sich trennten, um neue Partner zu finden. Große Karaffen mit Bloody Mary, Wodkanebel, Pfeile von grellem Licht in halbgeschlossene Augen, hämmernde Rhythmen aus dem Transistorgerät, der aromatische Duft von Sonnenöl, gewagte Scherze, betrunkenes Lachen. Pfänderspiele mit raffinierten Spielregeln, die dafür sorgten, daß jeder früher oder später die letzte Hülle verlor.

Fast im Halbschlaf, angenehm betrunken, war es ihr zuerst gelungen, sich der Zudringlichkeiten von Cass zu erwehren. Dann sah sie andere, die gegeben hatten, was sie verweigerte. Ein paar weitere Drinks genügten, die letzten Hemmungen zu lösen, so daß sie sich Cass und ihrem eigenen Verlangen schließlich ergab.

Sie richtete sich auf, wandte sich mir zu, hakte die Finger in meinen Ledergürtel und legte die Stirn gegen meine Brust. »Von da an schien nichts mehr wichtig zu sein. Man schaltet einen Teil seines Empfindens einfach ab. Man wird passiv, läßt etwas mit sich geschehen. Es sitzen ja alle im gleichen Boot. Es gibt keine Unterschiede mehr.«

Wieder seufzte sie. »Ich weiß wirklich nicht, wer damit begann. Patty tat, als führte sie Regie. Es gab Streit, ich weiß nicht, worum. Whippy weinte einige Male. Cass schlug Carl nieder, fragen Sie mich nicht, aus welchem Grund. Einer von den Collegeboys, der größere, mußte sich immer wieder übergeben. Er vertrug den Alkohol nicht. Es ist alles so verschwommen. Die Brause wurde betätigt, jemand machte Sandwiches, ein anderer sorgte für frische Drinks. Das alles nahm ich wahr, ohne mir dessen richtig bewußt zu werden.«

Sie schloß die Arme um meine Hüften, legte die Wange gegen meine Brust und klammerte sich an mich. Ich strich ihr über das Haar. Sie holte tief Atem und sagte: »Hören Sie mir zu! Mein Gott, ich wußte, wie wichtig das Ganze für mich war. Es gibt Vergiftungen, über die man hinwegkommt, ohne geheilt zu sein. Ich wünschte, jemand nähme ein Messer und schnitte diese vier Tage und Nächte aus meiner Erinnerung. Trav, man sieht sich nach so etwas anders als bisher. Seit damals habe ich immer wieder den gleichen schlimmen Traum. Ich bin in den leeren weißen Swimming-pool gefallen, und die Wände sind so hoch, daß ich nicht wieder herauskomme. Die Lichter sind eingeschaltet, es ist hell wie auf der Bühne. Sechs häßliche Schlangen gleiten über den Kachelboden, versuchen mich zu erreichen. Ich renne und schlage Haken, aber sie bleiben mir auf den Fersen. Eine Schlange sieht wie die andere aus. Ich schreie um Hilfe, und dann bewegen sich die Wände auf mich zu. Je kleiner der freie Raum wird, um so größer werden die Schlangen. Ich schreie und wache auf, fiebernd und in Schweiß gebadet. Halten Sie mich fest, Trav, bitte.«

Sie zitterte, und ich fragte mich, ob sie wieder eine Vorstellung gab. Nach einigen Minuten beruhigte sie sich. Mit dem Handrücken schob sie die Haare zurück, die ihr ins Gesicht gefallen waren. Scheu lächelnd sagte sie: »Sie mögen mich nicht, nicht wahr? Ich habe es gefühlt. An Ihren Händen. Sie sind sanft und väterlich und halten Abstand. Mein Gott, ich tadele Sie nicht. Wer mag schon eine Frau, die sich mit Zufallsbekanntschaften auf so etwas einläßt.«

»Das ist es nicht.«

»Nein? Gehören Sie etwa zu den Männern, die...?«

»Keine Spur. Um ehrlich zu sein, natürlich haben die Fotos etwas damit zu tun. Männer brauchen die Illusion, etwas allein zu besitzen, selbst wenn es sich nur um eine vorübergehende Episode handelt. Ob mit oder ohne Fotos, ich bin kein Trophäenjäger.« Ich sah, daß sie mir meine Offenheit nicht verübelte. »Ich muß jetzt gehen, Lee. Diese Aufnahmen nehme ich natürlich mit.«

Sie sprang auf und versuchte mir den Umschlag zu entwinden. Ich hielt ihn fest. »Lee, entweder vertrauen Sie mir völlig, oder ich gebe den Auftrag zurück. Ich brauche die Bilder, wenn ich weiterkommen will.«

Sie sah mich lange forschend an, dann löste sie die Hand vom Umschlag. »Ich hätte nie geglaubt, daß ich jemandem diese Bilder zeigen könnte. Werden Sie sorgfältig auf sie achtgeben, Trav?«

»Natürlich.«

»Ich schicke Ihnen Dana morgen mit dem Spesenvorschuß. Einverstanden?«

»Gewiß.«

»Nochmals, Trav. Seien Sie vorsichtig mit den Fotos. Gelangen sie in die Öffentlichkeit, so ist es aus mit meiner Karriere. Sie ist, wie Sie wissen, das einzige, was mir geblieben ist.« Ihre Augen füllten sich mit Tränen, eine rollte über ihre Wange herab. Es wirkte unnatürlich. Ein Make-up-Mann war auf der Szene erschienen und hatte mit dem Augentropfer nachgeholfen. Reines Glyzerin. Vielleicht waren die Tränen falsch. Sie hatte Übung genug, um nach Belieben Tränen zu produzieren und zu weinen, ohne dabei häßlich zu werden.

»Seien Sie vorsichtig, Lee«, sagte ich. »Mir gefällt der Klang dieser Mitteilung nicht. Menschen mit verklemmtem Sexualleben versuchen, das Schwert des Herrn zu spielen und die Sündigen zu erschlagen. Sorgen Sie dafür, daß Sie während dieser Woche in Miami guten Schutz haben.«

Sie begleitete mich zur Tür. Sie griff nach meinem Arm und gab mir einen schnellen Kuß, der so sanft war wie der eines vertrauenden Kindes. Wir durchschritten den langen Korridor und fanden Dana Holtzer in ihrem Zimmer über die Schreibmaschine gebeugt. Dana stand auf und führte mich zu der wartenden Limousine hinaus. Ich sah den schnellen und mißbilligenden Blick, der den dicken Umschlag traf.

Der Fahrer hieß Martin. Dana befahl ihm, sich nach meinen Wünschen zu richten. Es war fünf Uhr durch. Ich ließ mich zur nächsten Telefonzelle fahren und rief Gabe Marchman in Lauderdale an. Er riet mir, mit meinem Problem gleich zu ihm zu kommen.

Marchman war ein erstklassiger Kriegsberichterstatter gewesen. Die erregendsten Aufnahmen vom Geschehen in Korea waren ihm zu verdanken. Eine Landmine hatte seine Beine zerschmettert. Während er sich in Hawaii von seiner Verwundung erholte, lernte er ein sehr reiches und sehr hübsches chinesisch-hawainisches Mädchen namens Doris kennen und heiratete es. Gabe sieht aus wie ein abgesägter Abraham Lincoln. Er geht noch an Krücken. Die beiden haben sechs Kinder. Da Gabe sich nicht mehr als Fotoreporter betätigen kann, hat er sich eines der besten privaten Laboratorien im Süden eingerichtet. Es nimmt einen ganzen Flügel ein, der fast so groß wie das eigentliche Haus ist. Gabe ist ein kleiner wortkarger Mann, geliebt von allen, die ihn kennen.

Doris, die wieder ein Kind erwartete, hieß mich willkommen und schickte mich ins Labor. Gabe knurrte mir einen Gruß zu. Ich sagte ihm, daß ich seine fachliche Meinung über ein Dutzend Fotos haben wollte. Er schaltete stärkere Lichter ein, hockte sich auf seinen Stuhl und breitete die Aufnahmen vor sich aus. Gemessen an seinem Mangel an Erstaunen, hätten es Aufnahmen von jungen Hunden oder Blumen sein können.

»Was wissen Sie über die Bilder?« fragte er. »Technische Daten, meine ich.«

»Sie wurden vor eineinhalb Jahren in Kalifornien gemacht. Auf 35-mm-Film. Die betroffene Person nimmt an, daß die Kamera auf einem hundert Meter entfernten Felsvorsprung stand, aber das ist nur eine Schätzung. Vor einem Jahr sah die betreffende Person einen andern Satz dieser Aufnahmen, aber die jetzigen kommen ihr verschwommener und grauer vor.«

Gabe brummte und betrachtete die Fotos durch ein starkes Vergrößerungsglas nacheinander.

Ich sagte: »Ich vergaß etwas. Meine Klientin besaß die Negative und vernichtete sie. Die Negative zeigten erheblich mehr, als auf diesen Abzügen zu sehen ist.«

Gabe fuhr mit seiner sorgfältigen Untersuchung fort. Endlich wandte er sich auf seinem Drehstuhl um. »Gut, gehen wir von der wahrscheinlichen Entfernung von hundert Metern aus. Ich würde sagen, daß ein Plus-X-Film und ein sehr gutes

Teleobjektiv vom 1000 Millimetern benutzt wurden. Vielleicht das f=6.3 Nikkor mit zwei Spiegeln. Es wiegt drei bis vier Pfund. Die Aufnahmen wurden mit Stativ oder von einer festen Auflage gemacht. Bei 35 mm gibt ein Objektiv von dieser Stärke eine zwanzigfache Vergrößerung, auf hundert Meter entspräche das einer Entfernung von fünf Metern mit Normalobjektiv. Diese drei Aufnahmen sind die einzigen, die keinen Ausschnitt darstellen. Die Vergrößerung der Hälfte eines Negativs käme also einem Abstand von einem bis eineinhalb Metern gleich. Das trifft auf die meisten dieser Aufnahmen zu. Diese sehr starke Vergrößerung wurde von einem Viertel oder weniger des Negativs gemacht, es zeigt die Frau also nicht ganz scharf aus einer Entfernung von etwa einem Meter. Die Tiefenschärfe ist gut, es wurde kurz genug belichtet, um das Verschwimmen von Bewegungen auszuschalten. Alles deutet auf eine Entfernung von hundert Metern hin. Soweit einverstanden?«

»Ja.«

»Angenommen, daß der Knabe, der die Aufnahmen machte, auch die Abzüge herstellte, so ist er ein guter Arbeiter. Er hat die richtige Belichtungszeit gewählt, die Bilder sind von Rand zu Rand scharf, die Ausschnitte sind geschickt gewählt. Ich würde sagen, daß er verdammt viele Aufnahmen machte, vielleicht sogar mehrere hundert, und die besten auswählte. Die Abzüge sind scharf und klar und durch Hochglanz besonders wirksam. Ich tippe auf einen Berufsfotografen, wenn Ihnen das weiterhilft. Nehmen wir an, irgendein Bursche habe einen Satz der Abzüge in die Finger bekommen. Was macht er? Er stellt neue Negative her, nach denen er Abzüge machen kann. Sehen Sie diesen Lichtschein hier? Er ist durch Spiegelung vom Hochglanz entstanden. Das Papier ist schlecht, beim Entwickeln und Kopieren wurden Fehler gemacht, aber die Qualität der Abzüge ist im großen und ganzen zufriedenstellend. Der Mann, der die Originalaufnahmen machte, kommt für diese zweite Serie nicht in Frage. Er hätte selbst im Schrank eines Motels bessere Arbeit geleistet. Unser neuer Freund kann nun, da er neue Negative hat, jede beliebige Anzahl von

Abzügen herstellen. Daß Ihre Klientin die ursprünglichen Negative vernichtete, hat nichts mehr zu sagen. Da nur *eine* Person auf *allen* Aufnahmen zu sehen ist, nehme ich an, daß sie Ihre Auftraggeberin ist.«

»Ja. Und nun wüßte ich gern, ob Sie mit diesem Material etwas anfangen können.«

»Diese Frage habe ich gefürchtet.«

»Können Sie von diesen Abzügen neue Negative und Abzüge herstellen, die verschieden von diesen sind?«

»McGee, wenn man etwas Minderwertiges zur Grundlage macht, ist auch das Endresultat minderwertig. Es ist ausgeschlossen, wieder Abzüge von der Qualität der ursprünglichen Kopien anzufertigen. Ich kann schärfere Kontraste herstellen und diese weißen Flecke abschwächen, aber Nahaufnahmen von Verwaschenen geben wieder Verwaschenes.«

Nach anfänglichem Zögern geriet Gabe allmählich in Eifer. Er benutzte eine Kopierkamera, größeres Filmnegativ und Feinkornfilm. Als er die ersten Abzüge zum Trocknen aufhing, rief uns Doris zum Essen. Sie servierte eine chinesisch-hawaiische Spezialität, auf dem Rost gebratene Steaks, Röstkartoffeln und grünen Salat. Nach dem Essen setzten wir uns zu einem Drink an den offenen Kamin mit seinem behaglichen Feuer.

Dann machten wir uns wieder an die Arbeit. Nacheinander schob Gabe die Negative in den Vergrößerungsapparat, und ich sagte ihm, von welchen Teilen ich Abzüge haben wollte. Er fertigte eine Maske an, die Lysas Gesicht verdeckte. Schließlich hatten wir vierzehn brauchbare Abzüge, auf denen das eine oder das andere der Gesichter hervorgehoben war. Nachdem er sie der Schnelltrockenpresse entnommen hatte, musterte ich die Bilder im Schein der grellen Lampen. Lysas Gesicht bildete auf allen Aufnahmen einen weißen Fleck. Sorgfältig suchte Gabe die Negative und alle mißlungenen Abzüge zusammen. Wir stritten uns über die Bezahlung und einigten uns auf hundert Dollar. Doris war inzwischen schlafen gegangen.

Gabe begleitete mich auf seinen Krücken zur Tür und trat mit mir in die kalte Nacht hinaus.

»Dann ist wohl eine kleine Reise fällig, schätze ich«, sagte er.

»Ja.«

»Geht mich nichts an. Wahrscheinlich ist jemand neugierig geworden.«

»So ist es gewöhnlich.«

»Nehmen Sie sich in acht, Trav. Ein kleines Tier wie sie würde Sie glatt in den Abgrund stoßen, wenn sie dadurch aus der Klemme käme. Sie hat ein interessantes Gesicht, aber es ist kein gutes Gesicht.«

Das Taxi verlangsamte die Fahrt, der Fahrer suchte mit dem Scheinwerfer nach der Hausnummer. Ich ging ihm entgegen. Als er anfuhr, sah ich zurück. Gabe stand noch immer an der gleichen Stelle.

4

Als ich zur ›Pik As‹ zurückkam, sah ich, daß die Lichter noch brannten. Es war kurz nach halb elf. Die Tür zum Aufenthaltsraum war geschlossen. Ich ging hinein und fand Skeeter fest schlafend. Sie lag in ihren sackartigen grauen Coveralls mit dem Gesicht nach unten auf der gelben Couch, eine schmale Hand hing auf den Boden herab. Überall standen Zeichnungen von Quimby. Sie waren spaßig und gut und zeugten von Verstand. Ich bewunderte sie. Mitten auf dem Fußboden lag ein großer, mit Marken beklebter Umschlag, daneben ein für mich bestimmter Zettel:

›Diese lausige Maus! Ich bin einfach fertig. Bitte stopfe alle Quimbys in den Umschlag, verschließe ihn und bringe ihn zur Post. Es handelt sich um eine eingeschriebene, durch Luftpost zu befördernde Maus. Ich mußte schlafen, sonst wäre ich draufgegangen.‹

Mein Blick wanderte zu Skeeter. Es war typisch für sie. Gott mochte wissen, wie lange sie es ohne Schlaf ausgehalten hatte und wann sie zum letztenmal gegessen hatte. Sie pflegte ihre Termine einzuhalten, und wenn es sie die letzten Kräfte kostete.

Ich ging zum Bug des Bootes und verschloß die schmutzigen Fotos im Safe, der hinter der Täfelung verborgen war. Mag sein, daß ein Spezialist nicht die ganze Nacht gebraucht hätte, um ihn zu öffnen, aber er mußte dabei sicher genug Lärm machen, der mich wecken würde. Ich sammelte alle Quimbys ein, schob sie in den Umschlag und verschloß ihn. Dann schaltete ich eine der Lampen aus.

Skeeter rührte sich und öffnete ihre schläfrigen Augen einen Spalt: »... spät ist es?« fragte sie mit schwerer Zunge.

Ich setzte mich auf den Rand der Couch. »Hast du etwas gegessen?«

»Hm? Gegessen? Hm... nein.«

Ich kannte die Probleme. Sie waren lange genug meine ständigen Begleiter gewesen. Ich ging in die Kombüse, öffnete eine Dose Pilzsuppe, wärmte sie auf und goß den Inhalt in eine große Tasse mit zwei Henkeln. Skeeter war wieder eingeschlafen. Ich weckte sie, half ihr, sich aufzurichten und drückte ihr die Tasse in beide Hände. Als ich sicher war, daß sie nicht mehr schlief, griff ich nach Quimby, verließ das Boot, marschierte zum Postamt und ließ den Brief in den Luftpostschlitz gleiten.

Als ich zurückkam, stand die leere Tasse auf dem Boden. Skeeter schlief schon wieder. Ich nahm sie in die Arme, sie schien kaum noch Gewicht zu haben. Ich trug sie in meine Kabine und setzte mich, das Mädchen immer noch im Arm, auf den Rand der Koje. Durch die Bullaugen drang schwacher Lichtschimmer herein. Wasser klatschte gegen den Rumpf. Die Haltetaue knirschten.

Skeeter legte einen Arm um meinen Hals und sagte: »Ich dachte, das hätten wir längst aufgegeben.«

»Haben wir auch. Ich dachte, du schläfst. Leg dich wieder auf die Ohren.«

»Ich habe geschlafen, verdammt. Du hast mich aufgeweckt. Jetzt kann ich nicht wieder einschlafen.«

»Versuch es.« Sie nestelte sich tiefer in meinen Arm, das Gesicht an meinem Hals. Nach einer Weile schlief sie wirklich. Ihr Atem ging lang und gleichmäßig.

Nach einer Weile kam mir der Gedanke, daß es eine gute kameradschaftliche Tat wäre, sie aus dem dicken Coverall zu schälen. Eine nette Geste. Sicher, so scherzt McGee mit McGee.

Ich stellte Skeeter auf die Beine, bis ich sicher war, daß sie sich allein aufrecht hielt. »Was, zum Teufel...?« sagte sie.

Ich küßte sie und gab ihr einen Klaps auf die Kehrseite. Ich hörte den Reißverschluß, bevor ich die Tür hinter mir geschlossen hatte.

Mit dem seltsamen Gefühl, Schweiß und Sonnenöl, die ich einer dreitausend Meilen entfernten Sonnenterrasse verdankte, abzuwaschen, nahm ich mein Brausebad. Ich schlüpfte in den Bademantel und ging an Deck, um eine letzte Pfeife vor dem Schlafengehen zu rauchen. Der Wind hatte sich gelegt, aber die Brandung, die das Ufer traf, verursachte noch immer das donnernde Getöse eines vorüberbrausenden Frachtzuges. Von der immerwährenden Party auf dem Hausboot Alabama Tigers klang nur das gedämpfte Kreischen eines Mädchens herüber.

Als ich am Morgen aufstand, war Skeeter fort. Das Bett war ungemacht, die Kaffeekanne leer. Eine zerzauste Maus, die auffallende Ähnlichkeit mit mir hatte, hielt ein schlafendes, Skeeter ähnelndes Mäuschen im Arm. Die Unterschrift lautete: ›Notorische Maus schont unschuldiges Opfer. Vitaminmangel als Ursache?‹

Nach dem Frühstück rief ich sie an. Sie sagte, ihr Apartment verlöre langsam den üblen Farbgeruch.

»McGee«, sagte sie, »es sieht aus, als könnten wir so etwas wie Freunde werden. Ist das nichts?«

»Auf jeder anderen Basis bist du zu gefährlich. Was soll der Scherz mit dem Vitaminmangel?«

»Habe ich mich geirrt? Du fingst an schwer zu atmen, und dann plötzlich – auf die Beine, Mädchen! Aber ich war wirklich schrecklich müde.«

»Quimby ist eine entzückende Maus.«

»Trav, mein Lieber, ich werde drei Tage und drei Nächte schlafen. Danach kannst du mich zum Fischen einladen.«

»Gemacht«, sagte ich. Sie legte auf.

Um elf Uhr kam Dana Holtzer und brachte mit der zurückhaltenden Miene eines Diplomaten, der ein Ultimatum übergibt, das Geld. Fünftausend in knusprigen Scheinen. Sie hatte eine Empfangsbestätigung mit, die sie mich unterschreiben ließ. Danach war das Geld bestimmt für ›Vorarbeiten zu einem Film, dessen Titel noch nicht feststeht und für den das Treatment zu einem noch festzusetzenden Preis angekauft werden soll‹. Ein Duplikat der Quittung für meine Buchführung lag bei.

Dana saß aufgerichtet auf einem der gepolsterten Hocker unter den Bullaugen. Sie hatte keinen Hut auf. Sie trug ein marineblaues Schneiderkostüm mit weitem Faltenrock und weißer Bluse. Ihre lebendigen dunklen Augen musterten mich kühl abwägend. Hätte ich nicht gesehen, wie sie auf Skeeters Maus reagierte, hätte ich sie wahrscheinlich als hoffnungslosen Fall aufgegeben.

»Steuerliche Gründe«, erklärte sie kurz.

»Natürlich«, sagte ich und gab ihr die unterschriebene Quittung. Sie faltete sie zusammen und schob sie in die Handtasche.

Ich fragte mich, ob es etwas gab, was sie in ihrer Ruhe erschüttern konnte. Ich erwartete, daß sie aufstehen und gehen würde. Aber sie hatte noch etwas anderes im Sinn, schien nur darauf zu warten, daß ich den ersten Schritt tat. Ich ahnte, warum sie keine sonderliche Begeisterung für mich empfand. Lysa Dean war in Schwierigkeiten. Wenn man in Schwierigkeiten ist, geht man zu J. Edgar Hoover und nimmt nicht die Dienste eines weithin unbekannten Piraten in Anspruch. Für Dana Holtzer bedeutete ich höchstens weitere Schwierigkeiten. Meine Khakihose war zu einem undefinierbaren Gelbgrau verblichen, aus der rechten Schuhspitze lugte ein Zeh, die Ärmel meines Hemdes waren ausgefranst. Ich ließ mich auf einen Stuhl fallen und wartete.

Langsam stieg schwache Röte in ihr Gesicht, dann riß sie sich zusammen und sagte: »Eigentlich sollte Miß Dean es Ihnen sagen.«

»Was sagen?«

»Die Agentur schickt ihr vorübergehend ein tüchtiges Mädchen, das meine Tätigkeit übernimmt. Ich werde sie heute abend einweisen.« Sie holte tief Luft. »Miß Dean hat mich dazu ausersehen, diesen Fall mit Ihnen zusammen zu bearbeiten, Mr. McGee.«

»Das ist geradezu lächerlich.«

»Glauben Sie mir, es war nicht meine Idee. Aber sie ist nicht schlecht. Ich kann zu jeder Tages- und Nachtzeit zu Miß Dean durchkommen, falls Sie irgendwelche Informationen über ihre

Freunde und Bekannten brauchen. Außerdem kann ich Sie entlasten, indem ich mich um alle zeitraubenden Dinge kümmere. Ich kann Ihnen die Flugkarten besorgen, falls Sie plötzlich verreisen müssen, ich führe Ihre Bücher, kümmere mich um die Finanzen. Miß Dean würde sich wesentlich ruhiger fühlen, wenn ich bei Ihnen bin.«

»Ich arbeite allein, Dana. Mein Gott, wenn ich mir vorstelle, daß Sie mit gezücktem Schreibblock hinter mir hertraben...« Ich stand auf. »Sie gehören nicht in eine solche Sache. Wenn ich Glück habe, kann viel Schmutz zum Vorschein kommen.«

»Ich habe ja zu Miß Dean gesagt. Unter einem Vorbehalt. Ich muß Sie fragen, ob Sie... ob Sie von Miß Dean engagiert wurden, um jemanden umzubringen.«

»Was?« Die Augen traten mir fast aus den Höhlen.

»Das wäre ein Risiko, das ich nicht eingehen kann.«

Ich setzte mich wieder und lachte unbändig. Ohne eine Miene zu verziehen, wartete sie, bis ich mich beruhigt hatte. Dann sagte sie: »Das genügt mir als Antwort. Ich mußte danach fragen.«

»Miß Holtzer, ich weiß nicht, ob ich imstande sein werde, Ihr ständiges Mißfallen zu ertragen.«

»Was soll das heißen?«

»Soviel mir bekannt ist, sahen Sie diese Aufnahmen zufällig. Ich meine den Brief, der am Empfang im Sands abgegeben worden war. Sie wollten damals auf der Stelle gehen. Das Leben ist kein Zuckerlecken, Miß Holtzer. Manchmal kann es verteufelt häßlich und schmutzig sein.«

»Wirklich?« Ihre dunklen Augen blitzten.

»Ist es Ihnen noch nicht aufgefallen?«

Nachdenklich griff sie nach einer Zigarette, schippte das Feuerzeug an und schickte eine Rauchwolke gegen die Decke. »Was ich Ihnen jetzt erzähle, braucht Sie natürlich nicht zu interessieren, aber ich denke, wir sollten uns von Anfang an richtig verstehen. Mein persönliches Leben steht in Zukunft nicht mehr zur Debatte. Mein Beruf ist es, Geschick, Takt, Energie, Intelligenz und völlige Loyalität zu verkaufen. Für diese Eigenschaften zahlt mir Lysa Dean 15000 Dollar im Jahr. Mit meiner Abkommandierung zu Ihnen haben Sie Anspruch auf diese Eigenschaften. Als ich sah, um was für Aufnahmen es sich handelte, überlegte ich, in welchem Maße sie mir schaden könnten. Ich las die beigefügte Nachricht. Sie bedeutete für mich, daß ich vielleicht aufs falsche Pferd gesetzt habe.«

Ich sah, wie ihre Hand zitterte, als sie die Zigarette an die Lippen führte. »Ich bin verheiratet, Mr. McGee. Oder sagen wir besser, ich war verheiratet. Mein Mann litt an Epilepsie. Er war ein talentierter Autor, dem schon der Durchbruch zum Fernsehen gelungen war. Die Heirat war ein Risiko, das ich einging. Wir hatten ein Kind, einen Jungen. Zuerst schien er durchaus normal, aber dann merkten wir allmählich, daß er so zurückgeblieben war, daß nur eine Anstalt für ihn in Frage kam. Wir mußten verreisen, nachdem wir ihn dort abgegeben hatten. Er sollte uns nie kennen. Bill hatte gerade ein Manuskript günstig verkauft, was uns diese Reise ermöglichte. Wir brauchten sie, waren seelisch völlig erschöpft. Als wir die Rückfahrt antraten, fühlten wir uns frisch und erholt. Nachts hielten wir an einer Bar. Wir tranken keinen Alkohol, nur Kaffee, Bill hatte plötzlich einen Anfall. Seine Anfälle dauerten nie lange, waren aber sehr heftig und verwandelten ihn in einen ganz andern Menschen. Er tobte, schlug um sich. Ein Polizeibeamter, der nicht im Dienst war, verstand die Szene falsch. Er glaubte, Bill wolle im Trunk jemanden umbringen und schoß Bill eine Kugel in den Kopf. Bill starb nicht. Er befindet sich ständig in komatösem Zustand. Er wird künstlich ernährt, alle seine Funktionen werden künstlich aufrechterhalten. Er ist so etwas wie ein medizinisches Wunder. Das liegt vier Jahre zurück. Ich brauche diese 15000 Dollar. Es ist kaum genug für mich und meine Familie. Wenn Lysa Dean ihre Popularität einbüßt, wenn sie von ihrem Sockel gestürzt wird, so ist es meine Pflicht, mich von ihr zu trennen, bevor das geschieht, und mir einen gleichwertigen Job zu suchen. Diesen Job werde ich nicht finden, wenn ich in irgendeine Verbindung mit einem Skandal gebracht werde. Ja. Mr. McGee, manchmal kann das Leben verteufelt häßlich und schmutzig sein.«

»Was kann ich dazu sagen?«

»Natürlich nichts. Ich hielt es nur für klüger, Ihnen reinen Wein einzuschenken, bevor Sie mehr Dinge sagten, die Sie später bedauern könnten. Sie haben mich nicht verletzt. Ich glaube, es gibt überhaupt nichts, was mich verletzen könnte. Und es tut mir leid, daß sich dies alles so melodramatisch anhört. Natürlich war Lee entsetzlich dumm. Die Bilder beleidigen mich, weil sie vulgär sind. Und sie gefährden mich. Wenn Sie die Dinge für sie nicht ins reine bringen können, werde ich sie verlassen müssen. Ich glaube, sie fühlt das.«

»Vielleicht können Sie mir wirklich helfen.«

»Danke.«

»Drink?«

Ihr Lächeln war höflich und automatisch. »Bourbon, wenn Sie haben. Schwach, mit sehr viel Eis und Wasser.«

Ich sah ihr an, daß sie gar keinen Drink mochte, aber *ich* brauchte Zeit, um mit dem neuen Bild der Dana Holtzer, das ich kennengelernt hatte, fertig zu werden. Ich hatte Ablehnung und Mißfallen bei ihr vermutet und sie falsch eingeschätzt. Sie war lediglich ausgebrannt, hatte ein Leben vor sich, von dem nur Mühsal und Kummer zu erwarten war. Ich fühlte mich wie ein Schmutzfink, der versucht hatte, vor anständigen Menschen einen zotigen Witz zu erzählen.

Als ich mit den Drinks zurückkam, stand sie mit geneigtem Kopf vor einem Bild an der Wand.

»Gefällt es Ihnen?«

Sie wandte sich geschmeidig um. »Sehr.«

»Syd Solomon. Er wohnt in Sarasato. Dieses Bild gehört zu der Bahamaserie, die er vor einigen Jahren malte.«

»Ein sehr gutes Bild. Sind Sie Sammler?«

»Zuweilen. Ich habe fünf Sammlerstücke an Bord und ein Dutzend auf dem Speicher. Von Zeit zu Zeit tausche ich sie gegeneinander aus.«

Sie nippte an ihrem Drink. »Ist er in Ordnung?«

»Ja, danke. Was trinken Sie? Was ist es?«

»Neuerdings Plymouth Gin on the rocks mit zwei Tropfen Magenbitter.«

Sie klemmte sich wieder auf den Polsterhocker und sagte:

»Übrigens, meine Spesen brauchen Sie nicht aus dem zu bestreiten, was ich Ihnen brachte. Kann ich heute schon etwas für Sie tun? Meine Arbeit ist erledigt, und meine Vertretung kommt nicht vor heute abend.«

Ich ging an den Safe und nahm den Umschlag heraus. Ich ließ die Fotos, die Lysa Dean mir gegeben hatte, drin und nahm die von Gabe gemachten Abzüge heraus. Ich gab sie Dana. Sie sah sich drei der Bilder an, dann wandte sie sich sichtlich überrascht mir zu. Ich glaubte sogar etwas wie Anerkennung in ihrer Miene zu lesen. »Haben Sie das geschafft, seit Sie Lysa gestern verließen?«

»Natürlich nicht allein. Ein Freund hat die Arbeit gemacht.«

»Verteufelt klug. Ich glaube zu verstehen, was Ihnen vorschwebt. Diese Aufnahmen bedeuten keine Gefahr für sie. Sind die andern sicher untergebracht?«

»Ja.« Ich wartete, bis sie die Durchsicht beendet hatte und die Aufnahmen beiseite legte. »Würden Sie sich ein paar Notizen machen?«

Ein Schreibblock, Goldfeder und gespannte Aufmerksamkeit erschienen mit beeindruckender Schnelligkeit. Ich nannte ihr Gabes vollen Namen und die Adresse. »Machen Sie einen Scheck über hundert Dollar für die Fotoarbeiten für ihn fertig und schicken Sie ihn ihm zu. Das Scheckbuch finden Sie in dem Schubfach dort drüben. Versuchen Sie, etwas über Carl Abelle herauszufinden. Wahrscheinlich ist er Skilehrer im Mohawk Lodge in Speculator, New York. Letzte Adresse Sun Valley. Rufen Sie ihn unter einem harmlosen Vorwand an, so daß er nicht übermäßig neugierig wird. Ist er dort, so stellen Sie fest, wie wir am besten und am schnellsten dorthin kommen und lassen Sie uns Zimmer reservieren.«

»Für mehrere Tage?«

»Das wird sich erst ergeben, wenn wir dort sind. Als nächstes versuchen Sie, alles Wissenswerte über Mr. und Mrs. Vance M'Gruder in Erfahrung zu bringen. Mr. M'Gruder nimmt an Ozeanregatten teil. Wohnort wahrscheinlich Carmel. Da es sich um eine kleine Gemeinde handelt, dürfte es nicht schwer sein, Auskünfte zu bekommen.« Ich ging zu ihr, setzte mich neben sie und übergab ihr meine Notizen. »Hier haben Sie die Namen und Nummern aller Teilnehmer an der Party.« Ich zeigte sie ihr auf den Abzügen. »Alles klar?«

»Ja, Sir.«

»Ja, Trav. Wollen wir dabei bleiben, Dana?«

»Natürlich, Trav.«

»Wann sind Sie von Ihren Pflichten bei Lysa entbunden?«

»Heute abend. Gegen Mitternacht. Das neue Mädchen übernimmt mein Zimmer im Sultana in Miami Beach. Einverstanden, wenn ich mich Montag morgen bei Ihnen einfinde? Gegen neun?«

»Sagen wir – zehn. Sie können auch heute nacht kommen, wenn Sie mit allem fertig sind. Ich habe eine Extrakabine für Sie. Mit einem Schloß an der Tür.«

Sie nickte. »Das wäre das Einfachste. Schloß oder kein Schloß, Trav, das ist ein Problem, mit dem ich mich nicht herumzuschlagen haben werde, hoffe ich. Sollte es dennoch sein, werde ich auch damit fertig.«

Ich griff ins Schreibtischfach und warf ihr den zweiten Schlüssel zu. Sie fing ihn geschickt auf. Ich erklärte ihr, daß es der Schlüssel zum Aufenthaltsraum sei, für den Fall, daß ich schon schliefe, wenn sie kam. Dann machten wir einen Rundgang durch das Boot. Ich war froh, in einem morgendlichen Anfall von Sauberkeitsfimmel das von Skeeter zerwühlte Bett gemacht zu haben. Dana ging an den Schreibtisch, schrieb Gabes Scheck aus, notierte den neuen Kontenstand und legte mir den Scheck zur Unterschrift vor. Sie sagte dazu: »Ich habe mir Ihre Kontonummer notiert. Vielleicht haben Sie den Wunsch, morgen etwas von dem Geld, das ich brachte, einzuzahlen.«

»Die Hälfte, denke ich. Danke. Erinnern Sie mich morgen daran.«

Ich wachte auf, als sie kam. Das leise Läuten meiner Warnglocke weckte mich. Wenn jemand an Bord kommt, schlägt sie an. Einmal, aber das genügt. Ich hasse unfreundliche Besuche. Ich hatte ein Licht für sie eingeschaltet gelassen. Mit der Pistole in der Hand tastete ich mich zur Tür, die zum Aufenthaltsraum führte, und öffnete sie einen Spalt. Ich sah Dana die Tür öffnen, dann langte sie zurück und brachte einen großen Koffer zum Vorschein. Leise schloß sie die Tür hinter sich. Es war zehn vor eins. Ich kroch in mein Bett an der geschlossenen Tür zur Hauptkabine zurück.

Sie gehörte zu den Frauen, die keinen Lärm verursachen. Ein schmaler Lichtstreifen erschien unter der Tür. Dann hörte ich das Wasser laufen. Das Licht erlosch. Ein leises Klicken, sie hatte die andere Tür der Kabine geschlossen. Von einem andern Boot klang leise Musik herüber. Ein Lastwagen donnerte über den Drive. Am nächtlichen Himmel jagte eine Düsenmaschine dahin.

Die Frau, die mit mir an Bord wohnte, war anders als alle, die ich gekannt hatte. Sie war zuverlässig und treu. Viele Menschen verlieren nicht den Mut, solange noch ein Funke Hoffnung ist. Verdammt wenige schuften weiter, wenn es keine Hoffnung mehr gibt. Das menschliche Wesen ist im Grunde selbstsüchtig. Weder das kranke Kind noch der halbtote Mann konnten ahnen, in welchem Maße für sie gesorgt wurde. Der Staat würde sie nicht verkommen lassen, wenn Dana aufhörte, sie zu unterstützen. Niemand hätte sie anklagen können. Aber ihr moralisches Pflichtbewußtsein war so stark, daß es einfach keinen andern Weg gab. Die beiden waren ihre Familie. Ihr eigenes Wohlergehen war nebensächlich. Das Leben hatte sie ausgebrannt, aber was übriggeblieben war, war mehr Frau, als Lysa je sein würde.

Ich schlief mit kritischen Gedanken über das ruhelose Tier, das sich Travis McGee nannte, ein und erwachte um neun Uhr morgens. Heller Sonnenschein fiel durch die dünnen Vorhänge der Kabine, es roch nach aromatischem Kaffee, klirrende Geräusche ertönten aus der Kombüse. Nachdem ich gebraust hatte, ging ich hinaus. Dana begrüßte mich mit der unpersönlichen Heiterkeit einer Kellnerin in einem guten Hotel. Ja, sie hatte gut geschlafen, vielen Dank. Es ist ein schöner Tag. Der Wind hatte sich gelegt. Es ist viel wärmer. Sie hatte Rührei gemacht mit knusprigem Speck. Der Kaffee war heiß und stark. Sie servierte in der kleinen Eßnische. Es war eine

Freude, ihren geschmeidigen Bewegungen zuzuschauen. Nichts tat sie in Eile. Jede Bewegung war sicher und verschmolz mit der nächsten. Die Schnelligkeit die daraus resultierte, war erstaunlich.

Sie trug eine graue Cordhose und einen gelben Sweater. Sie sah in Hosen besser aus, als ich geglaubt hatte. Ich erzählte ihr, wie ich zum Eigentümer der ›Pik As‹ geworden war. Es ist eine meiner Routinegeschichten, die ich tausendmal erzählt habe. Ich erwarte nicht gerade, daß meine Zuhörer sich brüllend am Boden wälzen, aber im allgemeinen finde ich doch mehr Zustimmung als diesmal von ihr. Ihr Lachen war höflich und erklang an den richtigen Stellen.

Als wir die Zigaretten anzündeten, kam das kleine Notizbuch zum Vorschein. »Ich hatte Gelegenheit, einige Zeit am Telefon zu verbringen, Travis. Carl Abelle ist in der Mohawk Lodge. Er leitet die Skischule auf freier Basis und zeichnet für das Sportgeschäft verantwortlich. Keine Möglichkeit, dort unterzukommen. Sie sind bis auf das letzte Bett belegt. Wenn Sie dort zuerst hin wollen, ist für uns ein Flug Miami-Kennedy gebucht. Ankunft 14.15 Uhr morgen. Eine Zubringerlinie fliegt so günstig, daß wir um 16.10 Uhr auf dem Utica-Rome-Flughafen sein können. Von dort nach Speculator sind es noch sechzig Meilen auf der Bundesstraße 8. Die Straßen sind frei.«

»Was meinen Sie – *wenn* ich dort zuerst hin will?«

»Lassen Sie mich über die andern berichten. Die M'Gruders sind geschieden. *Sie* konnte ich nicht ausfindig machen. *Er* hat wieder geheiratet, vor kurzer Zeit. Sie haben eine Kreuzfahrt entlang der Pazifikküste nach Acapulco unternommen. Es kann sein, daß sie sich bereits auf der Rückfahrt befinden. Ich denke, es wird mir gelingen, seine ehemalige Frau zu finden. Da ich noch ein wenig Zeit übrig hatte, versuchte ich, etwas über Nancy Abbott in Erfahrung zu bringen. In Ihren Notizen steht, daß ihr Vater Architekt sein könnte. Im Fachadreßbuch fand ich einen Architekten – Alexander Armitage Abbott in San Francisco. Ich habe einen Freund in San Francisco, genauer gesagt, einen alten Freund Bills. Er kennt jeden Hund. Der Architekt hat eine Tochter namens Nancy. Sie ist 25, und ihre Beschreibung entspricht der Nancy Abbott, die wir suchen. Sie hat eine für nichtig erklärte Ehe hinter sich. Sie ist starke Trinkerin und war schon wiederholt in Schwierigkeiten. Die Familie distanziert sich nach Möglichkeit von ihr. Zur Zeit ist sie in Florida, um sich in Bastion Key freiwillig einer Entwöhnungskur zu unterziehen. Hope Island ist der Name. Kennen Sie es?«

»Ich habe ihnen einmal eine Klientin gebracht. Dreimal mußte ich sie zurückbringen, aber es nutzte nichts. Kann sein, daß der Leiter noch derselbe Mann ist.«

»Ein Mr. Burley? Ich habe mich danach erkundigt.«

»Burley war der Name. Er hat damals sein Bestes getan, aber sie borgte sich zuletzt einen Wagen und raste mit hundertfünfzig Sachen in einen Mangrovensumpf.«

»Ich habe mir überlegt, ob Sie... wo es doch ganz in der Nähe ist...«

»Natürlich. Wir fahren morgen hin. Blasen Sie den Flug nach dem Norden ab, bis wir sie gesehen haben.«

»Besitzen Sie einen Wagen?«

»Man kann ihn so nennen. Nachdem Sie gestern gingen, fragte ich mich, was Sie von der ganzen Sache halten.«

»Ich glaubte, das klargemacht zu haben.«

»Ich meine, was Sie als Frau darüber denken.«

»Ist das so wichtig?«

»Vielleicht. Es könnte mir helfen, wenn ich mit dem Abbott-Mädchen spreche.«

Sie überlegte einen Augenblick, dann sagte sie: »Lee ist kein Kind, das sich in eine peinliche Situation bringen läßt, ohne sich über die Folgen klar zu sein. Sie hat vier Ehen hinter sich und mehrere Verhältnisse, die nicht immer schmeichelhaft für sie waren. Sie hat aber immer eine gewisse Vorsicht walten lassen. Sie ist alles andere als spröde, aber das, was die Bilder aussagen, ist nicht ihr eigentlicher Stil. Sie ist in eine Sache hineingeschliddert, ohne es zu wollen, und ist heute noch nicht damit fertig. Ich weiß nicht, wie die andern Mädchen auf die Entwicklung, die die Party nahm, reagierten, glaube aber, daß zwischen ihnen und Lee ein Unterschied bestand.«

»Wie soll ich das verstehen?«

»Lee gehört nicht sich selbst, sie gehört der Filmgesellschaft. Sie hat wenig persönliche Rechte und Privilegien. Sie bedeutet für zu viele Personen zu viel Geld. Sie können nicht zulassen, daß ein Schatten auf sie fällt. Ich habe mich daran gewöhnt, sie von dieser Warte aus zu betrachten. Wie einen Artisten, der mit kostbarem Glas jongliert. Diese Männer auf der Party waren sich dessen natürlich bewußt. Die unerreichbare Göttin war plötzlich mitten unter ihnen – müde und betrunken, von der heißen Sonne ausgehöhlt und ohne Widerstandskraft. Über so etwas redet man. Gerüchte tauchen auf und wollen nicht verstummen. Sie fürchtet den Tag, an dem man sie offen angreift. Das wird nicht der Fall sein, solange ihre Filme volle Kassen bringen. Lassen Sie aber *einen* Film nicht einschlagen, und die Meute wird über sie herfallen. Warum sollte ich also ein Risiko eingehen?«

»Wie steht es mit dem letzten Film, der ›Großen Lüge‹?«

»Er ist gut. Damit kann sie keinen Reinfall erleben. Er zeigt sie in einer jener Rollen, in denen sie immer Erfolg hatte. Noch eine Tasse Kaffee?«

»Bitte.«

Nachdem sie die Tasse gefüllt hatte, zögerte sie, die leere Kanne in der Hand. »Wie soll ich mich an Bord kleiden, Trav? Sie haben mir nichts darüber gesagt. Ich nehme an, daß ich nicht die erste Frau bin, die neben Ihnen an Bord lebt. Wäre es nicht weniger auffallend, wenn ich mich wie ein Kurgast kleidete?«.

»Das überlasse ich Ihrer Entscheidung. Sie werden schon das Richtige treffen.«

5

Auf der Fahrt nach Bastion Key fand Dana Gefallen an meinem uralten Lieferwagen. Er ist himmelblau lackiert und wird von allen, die ihn kennen, Miß Agnes genannt. Er gehört zu einer der ältesten Rolls-Royce-Serien und wurde von einem seiner früheren Eigentümer, wahrscheinlich nach einem Unfall, der sein Äußeres ramponierte, zum Lieferwagen umgebaut. Er ist hoch und stabil. Es braucht einige Zeit, ihn auf Touren zu bringen, aber wenn der Tacho erst auf achtzig steht, ist Miß Agnes bereit, den ganzen Tag mit gleichbleibender Geschwindigkeit vor sich hin zu schnaufen. Natürlich frißt er Treibstoff, aber der Tank faßt über 120 Liter.

Danas Freude machte mir Spaß. Sie erinnerte mich an die Art, wie sie auf Skeeters Maus reagiert hatte.

In Bastion Key biegt man hinter der Stadt vom Highway ab und erreicht Hope Island über eine schmale Zufahrtsstraße. Man findet kein luxuriöses Sanatorium. Stan Burley ist der Schweizer der Ginflasche. Die Gebäude sind vom Krieg übriggebliebene Baracken, die Stan für ein Spottgeld erwarb. Er und alle seine Mitarbeiter sind geheilte Trinker. Wenn er Platz hat, nimmt er jeden auf, ohne nach seinem Bankkonto zu fragen. Nähme man einen Schimpansen von zwei Meter Größe, rasierte ihm das letzte Haar ab und bemalte ihn rosa, so hätte man ein Abbild von Stan Burley. Seine ehemaligen Patienten zeigen sich, soweit sie trocken bleiben, durch regelmäßige Zuwendungen erkenntlich.

Bevor ich den Motor abschalten konnte, kam uns Burley aus seinem kleinen Arbeitszimmer entgegen.

»Hallo, McGee«, sagte er. Er quetschte meine Rechte und musterte Dana abwägend. Wahrscheinlich hielt er sie für eine neue Patientin. Ich übernahm die Vorstellung und sagte schnell: »Wir sind gekommen, um mit einer Ihrer Patientinnen zu sprechen, wenn es möglich ist. Nancy Abbott.«

Das Willkommenslächeln verschwand aus Stans Gesicht. Er begann auf seiner Lippe zu kauen. »Miß Holtzer, warten Sie bitte in meinem Büro. Jenny wird Ihnen einen eisgekühlten Tee vorsetzen.« Sie nickte und entfernte sich, Burley führte mich zu einer Holzbank im Schatten.

»Worum geht es, Trav?«

»Nancy Abbott war vor eineinhalb Jahren in eine unangenehme Geschichte verwickelt. Ich möchte ihr einige Fragen stellen. Wie geht es ihr?«

Stand zuckte die Achseln. »Sie ist trocken, wenn das etwas zu sagen hat. Seit Oktober. Ich sollte Ihnen verdammt nichts darüber erzählen, aber Sie haben sich damals mit Marianne alle Mühe gegeben. Wir beide taten alles, was in unsern Kräften stand. Wenn wir trotzdem verloren, ist es nicht unsere Schuld. Daß ich Nancy hier habe, sagt mir gar nicht zu. Sie gehört nicht hierher, aber sie kann sich auch nicht selbst überlassen bleiben. Sind Sie von ihrem Vater hergeschickt?«

»Nein.«

»Eine pensionierte Kriminalbeamtin brachte sie uns im Oktober. Völlig betrunken. Sie wog nur noch neunzig Pfund, hatte Krämpfe und Delirium tremens. Es war ein Jammer. Damals bekam ich tausend Dollar und erhalte auch jetzt jeden Monat den gleichen Betrag von einer Bank in San Francisco. Die Bank bekommt als Gegenleistung jeden Monat einen Bericht über ihren Zustand. Als sie über das Schlimmste hinweg war, wurde sie mir zu einem noch größeren Rätsel. Es ist nicht nur der Alkohol. Aber die tausend im Monat helfen mir, andere Patienten durchzubringen. Ich bin ein böser alter Mann, Trav.«

»Was fehlt ihr?«

»Physisch ist sie so gesund wie ein Ochse. Sie ist erst vierundzwanzig. Sie trinkt seit neun Jahren, in den letzten fünf Jahren besonders stark. Aber, wie ich sagte, es ist nicht nur der Alkohol.«

»Ist sie geisteskrank?«

»Ich würde sagen, sie ist nicht ganz normal. Sie ist früher falsch behandelt worden. Man hat ihr mit Schockbehandlung zugesetzt. Schockbehandlung mag bei Angstzuständen und depressiven Symptomen angebracht sein. Soweit ich es beurteilen kann, hat sie wenigstens zwanzig vollständige Kuren über sich ergehen lassen müssen. Das macht sich jetzt bemerkbar. Sie kann sich nicht mehr auf eine Sache konzentrieren. Sie wird mit abstrakten Problemen nicht mehr fertig. Sie ist in einem manisch-depressiven Kreis gefangen. Im Augenblick geht es ihr gut. Sie hat ihre glückliche Zeit. Sie könnte mit dem Leben in der Öffentlichkeit fertig werden, wenn man nicht zuviel von ihr verlangte. Aber dieser Zustand pflegt nicht lange anzuhalten. Über kurz oder lang wird sie zu toben beginnen. Dann wird sie gewalttätig, gibt sich nymphoman, das Verlangen nach Alkohol wird so stark, daß sie für eine Flasche Gin morden würde. Dann setze ich sie unter Betäubungsmittel, und es geht rapide mit ihr bergab. Dann bringt sie tagelang kein Wort heraus. Ist der Anfall vorüber, bessert sich ihr Zustand langsam wieder.«

»Wie steht es mit ihrem Erinnerungsvermögen?«

»Manchmal ist es gut, manchmal versagt es völlig.«

Ich sah in das müde, sorgenvolle Gesicht und erinnerte mich daran, wie er von Marianne gesprochen hatte. Von Liebe und Zerstörung.

»Wie ist sie dazu gekommen, Stan?«

»Der Vater ist daran schuld. Der bewunderte, talentierte, allmächtige Vater. Es war eine häßliche Ehe. Das Kind kam zu sehr nach der Mutter; kein Wunder, daß der Vater es verabscheute. Sie verstand nicht warum und wuchs mit der Überzeugung ihrer eigenen Minderwertigkeit auf. Damit begann der Zwang. Kein Mensch kann unerklärliche Minderwertigkeit ertragen. Also braucht er Beweise seiner Minderwertigkeit. Für dieses Kind waren es Sex und Alkohol. Sie wollte sich selbst zerstören. Die Schockbehandlungen und Krämpfe taten es für sie. Sie hat ihre Persönlichkeit völlig zerstört. Wohin soll sie gehen? Niemand kann viel für sie tun. Sie ist hier ebensogut aufgehoben wie anderswo. Zuweilen kann sie lieb und nett sein.«

»Ich möchte es vermeiden, sie aufzuregen.«

»Was wollen Sie sie fragen?«

»Ob sie sich an einige Namen erinnert. Ob sie sich an Aufnahmen, die gemacht wurden, erinnern kann.«

»Aufnahmen?«

Ich öffnete den Umschlag, suchte zwei Bilder heraus und gab sie ihm. Die Falten in seinem Gesicht vertieften sich. »Das arme Kind. Begreifen Sie, was sie sagen will? Liebt mich, liebt mich. Verabscheut vom Vater, zurückgewiesen von ihrem jungen Ehemann, ein verbotener Eingriff, der ihr fast zum Verhängnis wurde, ein Jahr in einem Erziehungsheim für Fahrerflucht im Alter von siebzehn.«

»Würde es ihr schaden, wenn ich ihr diese Aufnahmen zeigte?«

»Trav, in ihrem Zustand gibt es nichts, was ihr schaden könnte.«

»Wird sie bereit sein, sich mit mir zu unterhalten?«

Burley nickte. »Sie ist im mitteilsamen Stadium. Vielleicht wird sie sich erregen, vielleicht kommt ihr das Ganze spaßig vor. Ich weiß es nicht. Vielleicht wird ihre Entwicklung zum nächsten Stadium beschleunigt.«

»Ist es ratsam, daß Sie dabei sind?«

»Wenn Sie allein mit ihr sprechen, werden Sie wahrscheinlich mehr erfahren. Sobald sie zwei Menschen als Zuhörer hat, glaubt sie sich verpflichtet, sie unterhalten zu müssen. Es ist besser, Sie unterhalten sich allein mit ihr. Boy, sind das Aufnahmen! Vor eineinhalb Jahren, sagen Sie? Es muß ihr damals schlecht gegangen sein, aber nur ein erfahrener Arzt hätte das feststellen können. Heute sieht es jedes Kind.«

»Wie verhalte ich mich am besten ihr gegenüber, Stan?«

»Geben Sie sich natürlich und freundlich. Wenn sie anfängt, dummes Zeug zu schwätzen, so gehen Sie nicht darauf ein. Kehren Sie zum alten Thema zurück, als sei nichts gewesen. Zeigen Sie nicht, daß Sie erschrecken; wenn Sie es tun, lachen Sie sie nicht aus. Behandeln Sie sie, als sei sie ein kluges, süßes fantasiebegabtes Kind.«

»Wo finde ich sie?«

Er nahm mich mit zum Büro und deutete durch das Fenster.

»Dort liegt der Speisesaal. Der Weg zum Strand beginnt hinter ihm. Ich sah sie vor etwa zwanzig Minuten diese Richtung einschlagen.«

Ich hörte sie, bevor ich sie sah. Der Strand war schmal, er bestand mehr aus Muscheln als aus Sand. Sie saß auf einem abgesägten Palmstumpf und sang mit melodiöser Stimme einen Reklamevers aus dem Fernsehen vor sich hin. Sie hörte meine Schritte auf den Muscheln, verstummte, wandte sich um und musterte mich. Dann stand sie auf und kam mit einem warmen Lächeln auf mich zu. Ihre Zähne schimmerten sehr weiß in dem sonnenverbrannten Gesicht.

»Hallo!« sagte sie. »Ich bin Nancy. Sind Sie einer von den Neuen?«

Sie trug blaßblaue Bermudashorts und ein weißes Männerhemd, dessen Enden sie um die Hüften verknotet hatte. Sie war groß und schlank, ihre Augen waren von einem klaren Dunkelblau. Nach kurzem Zögern wußte ich, woran sie mich erinnerte – an die Jane aus einem der ältesten Tarzanfilme. Sie ging barfuß, die Muscheln schienen ihr nichts anzuhaben.

»Ich bin nur zu Besuch hier«, sagte ich. »Mein Name ist Trav.«

»Wollen Sie Jackie besuchen? Sie muß sich nicht mehr so oft übergeben. Vielleicht kann sie bald nach Hause. Wenigstens zu einem Besuch.«

»Um die Wahrheit zu sagen, ich bin hier, um *Sie* zu besuchen.«

Die Wärme und das Lächeln erstarben auf ihrem Gesicht. »Immer wieder schickt er Leute. Sagen Sie ihm, daß mich das nicht interesssiert, ganz und gar nicht. Ich will nichts von ihm wissen, von niemandem.«

»Niemand hat mich geschickt. Ich kenne nur einige Menschen, die Sie auch kennen. Ich hatte in der Gegend zu tun. Darum machte ich einen kurzen Abstecher. Das ist alles, Nancy.«

»Welche Menschen?«

»Carl Abelle. Vance und Patty M'Gruder.«

Sie legte die Stirn in Falten, kehrte mir den Rücken zu und setzte sich wieder auf den Baumstumpf. Ich folgte ihr und blieb vor ihr stehen. Sie blickte zu mir auf. »Ich kenne diesen Carl. Ein starker Rücken und ein schwacher Geist, glauben Sie mir. Und ein verdammter Feigling. Zu ängstlich, ein Feuer in der Jagdhütte zu machen. Mein Gott, es war immer kalt darin, und Tantchen dachte, ich wäre den ganzen Tag mit ihm auf dem Übungshügel. Im vergangenen Jahr oder in der letzten Woche versuchte ich, mich an seinen Namen zu erinnern. Mein Gott, er war schön auf seinen Ski. Wenn wir die Hütte verließen, warf er mich zu Boden und rieb mich mit Schnee ab, bis ich so frisch aussah, als hätten wir den ganzen Tag fleißig geübt. Dabei waren wir halb betrunken von dem Brandy. Wie alt war ich damals? Wahrscheinlich hat er es Ihnen gesagt. Neunzehn? Fragen Sie Stan, er wird es Ihnen sagen. Aber was nutzt es, sich an diese Dinge zu erinnern? Setzen Sie sich zu mir. Aber, bitte, ich möchte nicht über diese widerlichen M'Gruders sprechen. Ich brauche doch nicht, nicht wahr?«

»Nein.«

»Was haben Sie da?«

»Einige Aufnahmen.«

»Kann ich sie bitte sehen?«

Sie hielt sie in ihrem Schoß und betrachtete sie langsam, ein Foto nach dem andern. Ich beobachtete ihr Mienenspiel. Sie sortierte ein Bild aus, legte es obenauf uund fuhr mit dem Finger über die Linie von Sonnys Rücken. »Verbrannt, verbrannt, verbrannt«, murmelte sie dabei leise.

»Von der Sonne verbrannt?«

»Nein. Er raste gegen eine Mauer. Es war der schnelle, nokkengesteuerte Mercedes. Ich trug den großen roten Hut, so daß er mich sehen konnte. Es war in Georgia. Ich saß auf der Mauer. Der Wagen raste dagegen und überschlug sich. Immer wieder.« Sie strich sich über den Schenkel. »Sonny sah es gern, wenn ich wie eine Hure gekleidet ging. Enge kurze Röcke und enge helle Pullover. Und ich mußte mit den Hüften schwingen, wenn ich ging. Er war stolz wie ein Gockel und gemein wie eine Schlange.«

Wieder fuhr sie über sein Bild. »Hier, dieser hier ist es. Sonny Catton. Er nahm mich mit, als die Party sich auflöste. Ich glaube, ich war zwei Wochen bei ihm, und er schlug mich, weil ich zuviel trank oder weil jemand mir einen Antrag machte. Manchmal auch bloß, weil er sich an die Party erinnerte. Wie auf diesem Bild hier. Ich mit dem da. Wie hieß er noch? Cass? Cass irgendwie. Er machte spaßige Karikaturen. Er gab mir eine, aber ich verlor sie. Wissen Sie, daß ich alles verloren habe, was ich einmal besaß? Ich konnte es nicht mehr ertragen, mich von ihm schlagen zu lassen. Ich kehrte nach Hause zurück. Und was soll ich Ihnen sagen? Mein V... der Mann, der meine Mutter heiratete, hatte die gleichen Bilder wie diese hier. Er sagte, ich sollte meinen Freunden sagen, daß mit ihm kein Geschäft zu machen sei. Von ihm aus könnten sie die Bilder in der *Chronicle* veröffentlichen. Boy, war das ein Schlag, den er mir ins Gesicht gab!«

Ich fühlte, wie es mir kalt über den Rücken lief. »Was taten Sie dann, Nancy?«

»Sind Sie wieder ein Arzt? Seit tausend Jahren bin ich die Ärzte nicht mehr losgeworden. Mit vierzehn war ich eine Frau, und als sie mich dabei ertappten, schickten sie mich zu einem Arzt. Ich sah ihm an, daß er es auch gern mit mir gemacht hätte, aber er hatte nicht den Nerv dazu. Er fing an zu schwitzen und mußte seine Brille putzen und lief immerzu im Zimmer auf und ab. Werden Sie mich auch Ihren Tests unterziehen?«

»Mein Name ist Trav. Ich bin kein Arzt.«

»Trav, warum, zum Henker, haben Sie mir diese Aufnahmen gebracht? Es sind nicht einmal dieselben. Es gab mehr Bilder von mir. He, wissen Sie, wer das war? Hier, die Frau ohne Gesicht? Ein ganz berühmter Filmstar. Lysa Dean! Wirklich, ich mache keinen Scherz. Sie ist nicht sehr groß, aber eine Schönheit.«

»Wer machte die Aufnahmen?«

»Wie soll ich das wissen? Ich hatte keine Ahnung, daß Aufnahmen gemacht wurden, bis ich sie bei ihm in seinem Arbeitszimmer sah. Er gab mir Geld, und ich fuhr wieder zu

Sonny. Ich blieb lange bei ihm, Monate, nehme ich an. Ich fuhr zu jedem Rennen mit. Ich erinnere mich an den Tag, an dem er starb. Das nächste, woran ich mich erinnere, war das Hospital in Mexico-City. Jemand mußte mich dorthin gebracht haben, aber wer? Später fand ich heraus, daß er mich mitten in der Nacht auf dem Parkplatz des Hospitals abgesetzt hatte. Ich hatte eine Lungenentzündung und zwei gebrochene Finger. Außerdem hatte ich eine andere häßliche Krankheit. Als ich ihnen sagen konnte, wer ich war, schickten sie ihm ein Telegramm. Sobald ich transportfähig war, ließ er mich abholen und steckte mich in irgend so eine Anstalt. Shady Rest? Refuge Mountain? Wie soll ich mich erinnern? Ich weiß nicht einmal, wie ich hierhergekommen bin.«

»Wie ist Ihr Vater zu den Aufnahmen gekommen?«

»Ich habe keine Ahnung. Er glaubte jedenfalls, ich hätte die Sache mit Freunden ausgeknobelt, um Geld aus ihm herauszuholen.«

»Sie sind hier gut untergebracht, Nancy.«

»Wahrscheinlich. Ich glaube, es gefällt mir hier. Aber manchmal werde ich schrecklich nervös. Danach werde ich traurig. Ich bleibe lange so traurig. Ich summe den ganzen Tag traurige Lieder, ohne daß ich einen Ton von mir gebe.«

»Sprach jemand auf der Party über Aufnahmen von Lysa Dean?«

Sie wandte mir das Gesicht mit ärgerlicher Miene zu. »Sie fangen an, mich mit den Aufnahmen zu langweilen. Nein. Niemand sagte etwas. Ich habe auch keine Kamera gesehen. Sprechen wir nicht mehr davon, ja?«

Ich steckte die Fotos ein. »Warum sind Sie auf die M'Gruders böse?«

»Ich möchte nicht darüber sprechen.«

»Gut, lassen wir das.«

»Sie sind schrecklich nett, Trav.« Sie lächelte mir mit der Unschuld eines Kindes zu. Dann legte sie ihre Hand auf meine Rechte.

»Danke. Sie sind auch ein nettes Mädchen.«

»Ich bin ein liederliches Frauenzimmer, Darling. Eine Säuferin und Schlampe. Darf ich Ihnen eine sehr persönliche Frage stellen?«

»Natürlich.«

»Warum gehen wir nicht auf eine Minute in die Büsche, Darling?« Sie zerrte an meiner Hand und versuchte, sie an ihre Brust zu pressen. Ich entzog ihr die Hand. »Es bewahrt mich davor, nervös zu werden«, fuhr sie fort. »Bitte, Honey, bitte, bitte, bitte.«

Ich stand schnell auf. Sie war mit einem Satz auf den Beinen und versuchte, sich gegen mich zu pressen. Ich legte ihr die Hände auf die Schultern und hielt Abstand. Sie neigte den Kopf schnell zur Seite und ließ ihre Zunge an meiner Hand spielen.

Ich schüttelte sie. »Nancy! Nancy! Werden Sie vernünftig!«

Ein Schauder überlief sie. Sie lächelte traurig und trat zurück. »Männer sind doch immer dafür zu haben. Warum sind Sie so störrisch?«

»Ich habe keine Zeit mehr, Nancy. Ich muß gehen. Es war nett, daß ich Sie besuchen durfte.«

»Danke«, sagte sie höflich. »Besuchen Sie mich wieder.« Sie reckte die Schultern wie ein Kind, das ein Gedicht aufsagen muß. »Wenn Sie ihn sehen, sagen Sie meinem V... sagen Sie ihm, daß ich ein gutes Mädchen bin. Sagen Sie ihm, daß ich gute Zensuren bekomme.«

»Natürlich.«

»Leben Sie wohl.«

Sie schwieg, bis ich zum Ende des schmalen Pfades gegangen war. Als ich mich umwandte und zurückblickte, drohte sie mir mit den Fäusten und schrie: »Fragen Sie Patty M'Gruder, warum sie mich immer einschloß! Fragen Sie diese gottverdammte Hure!«

Auf halbem Weg zum Haus blieb ich stehen und lehnte mich gegen einen Baum. Meine Knie fühlten sich seltsam weich an. Ich zündete mir eine Zigarette an, machte einen Zug und warf sie fort. Stan Burley unterhielt sich in seinem kleinen Büro mit Dana. Er stand auf, brachte mir eisgekühlten Tee und fragte: »Nun? Wie ist es verlaufen?«

»Ich weiß nicht recht. Ihr Erinnerungsvermögen war ziemlich gut. Das Herz drehte sich mir um, als sie versuchte, ihn Vater zu nennen. Was ist los mit diesem Schwein? Warum hat er sie so behandelt? Ich bin der Meinung, daß durch ihn ein ziemlich guter Mensch vor die Hunde ging.«

»Konnte sie Ihnen helfen?«

»Im Augenblick kann ich es noch nicht sagen. Ich muß erst nachprüfen, was sie erzählte. Stan, sie machte mir zum Schluß einen verteufelt ernstgemeinten Antrag.«

Er hob die dichten schwarzen Brauen. »Dafür scheint es mir noch ein bißchen früh. Ich werde sie besser im Auge behalten müssen. Vielen Dank jedenfalls.«

»Wie lautet die Prognose?«

Er fuhr sich mit dem Handrücken über die Stirn. »Ich kann Ihnen nicht viel Hoffnung machen. Jedesmal, wenn sie ihre schlimmen Zeiten hinter sich hat, scheint sie weniger geworden zu sein. Einige der Lieder, die sie im vorigen Monat noch sang, hat sie völlig vergessen. Ich denke, wir werden sie hierbehalten, solange es geht. Sie liebt den Strand so. Sie haßt es, eingeschlossen zu werden. Hier hat sie wenigstens die Illusion von Freiheit. Vielleicht könnte eine richtige große Anstalt ihren Zustand ein wenig bessern, aber sie wird nie so gesund werden, daß sie sich wieder in der Welt zurechtfindet. Sie ist ein Opfer. *Sein* Opfer.«

»Was ist mit ihrer Mutter?«

»Sie starb bei einem Hotelbrand, als Nancy sieben war. Sie hatte einen ständigen Liebhaber. Nancy hat eine starke Konstitution. Ich fürchte, sie wird den völligen geistigen Zusammenbruch überdauern. Ihr Körper kann noch vierzig Jahre leben. Sie hat einen Bruder. Einen älteren Bruder, äußerst rechtschaffen nach allem, was ich hörte. Es war nett, Sie wiederzusehen, Trav. Vielen Dank für die nette Unterhaltung, Miß Holtzer. Wir leben in einer seltsamen Welt. Wir können uns gegen unsere Feinde und selbst gegen unsere Freunde zur Wehr setzen, nie aber gegen die Familie. Dieser Tölpel wurde mit sieben in ein Internat gesteckt. Sie hatte mit vierzehn die ersten Liebhaber, mit fünfzehn eine milde Form alkoholischer Wahnvorstellungen, die erste Schockbehandlung, als sie sechzehn war. Ich muß gehen, um zu sehen, ob die Stühle richtig gestrichen werden. Meine Kur gegen Depressionen. Schauen Sie bei mir herein, wann immer Sie wollen. Beide.«

Wir hielten zum Essen an einer Fischstube. Wir fanden eine Nische, in der wir uns ungestört unterhalten konnten. Ich erzählte ihr von dem Toten. Sonny Catton. Ich berichtete ihr von den acht Aufnahmen, dem Schlag ins Gesicht, von ihrer Feindseligkeit gegen die M'Gruders, von ihrer letzten sonderbaren Äußerung.

»Man sieht Ihnen an, daß es nicht leicht war, Trav.«

»Mag sein. Ich weiß nicht, warum es mich so mitnahm. Wahrscheinlich, weil sie so frisch und sauber aussieht. Man möchte sich einreden, daß man sie nur mitzunehmen und gut zu behandeln brauchte, um sie wieder gesund zu machen. Aber man weiß, daß es keinen Sinn hat. Der letzte, der die Möglichkeit dazu noch gehabt hätte, war Catton, aber er war nicht der richtige Typ dafür.«

Ich erzählte ihr von Carl Abelle. Ihre Mundwinkel sanken ironisch herab. »Der Held des Übungshanges. Ich bin ihm einmal begegnet. Ich hatte gerade ein paar Wochen für sie gearbeitet. Es war viel später, als sie mit ihm davonzog, um einige Zeit in dem Haus der Chipmans zu verbringen. Er sah verteufelt gut aus. Dunkelblondes gelocktes Haar, breite Schultern, ein Gesicht wie aus Bronze, dazu der leicht imitierte deutsche Akzent.«

»Klug genug, um eine Epressungskampagne gegen Lee zu starten?«

»Ich bezweifle es. Nein, bestimmt nicht. Jedenfalls wäre *er* nie auf die Idee gekommen. Aber er hätte unter Druck gesetzt werden können. Ich glaube aber, daß er kein Stehvermögen gehabt hätte, wenn ihm jemand in die Parade gefahren wäre. Und es war kein Narr, der auf diese Idee kam.«

»Haben Sie eine Vermutung?«

»Wer hatte Geld oder einen Ruf oder sonst etwas zu verlieren? Lee, die Tochter des Architekten und die M'Gruders.

Cass, Sonny, Whippy, die Collegeboys und Carl waren offensichtlich zu kleine Fische, die den Aufwand nicht lohnten.«

»Ganz meine Meinung. Sprechen Sie weiter.«

Sie zuckte die Achseln. »Es gibt keine weiteren Anhaltspunkte. Wir wissen, daß bei zweien Erpressungsversuche gemacht wurden. Lee zahlte. Abbott offensichtlich nicht. Wie es mit den M'Gruders steht, werden wir noch erfahren. Ich nehme an, daß wir San Francisco einen Besuch abstatten werden. *Nach* Abelle oder vorher?«

»Danach.«

»Morgen?« Ich nickte. Dana stand auf und zwängte sich aus der Nische. »Ich werde mich gleich ans Telefon hängen.« Ich sah, wie sie zur Kasse ging und sich Kleingeld geben ließ.

Als wir wieder auf dem Boot waren, studierte Dana Lysa Deans Terminkalender. Sie stellte fest, daß in einer Viertelstunde eine Erholungspause vorgesehen war. Sie wartete zwanzig Minuten und rief dann auf der privaten Leitung an, die nicht über die Hotelvermittlung lief. Sie unterhielten sich etwa zehn Minuten, dann deckte Dana die Sprechmuschel mit der Hand ab und sagte:

»Sie möchte mit Ihnen sprechen. Ich habe sie über alles orientiert, was wir inzwischen unternommen haben.«

Als ich mich meldete, sagte Lee: »Darling, wie gefällt Ihnen das kleine Geschenk, das ich Ihnen schickte?«

»Was meinen Sie?«

»Die so äußerst tüchtige und ebenso tragische Figur, Sie Dummer.«

»Gut, gut.«

»Ich vermisse sie schon. Ich finde mich in tausend Kleinigkeiten nicht zurecht. Belegen Sie sie also nicht zu lange mit Beschlag.«

»Vergessen Sie nicht, daß ich sie nicht angefordert habe.«

»Sie würden sich auch in falschen Hoffnungen wiegen. Einige der größten Experten in der Industrie haben ihr Heil bei ihr versucht und wurden fast selbst zu Eiszapfen. Wie ich höre, haben Sie mit dem Abbott-Mädchen gesprochen?«

»Ist sie Ihnen damals komisch vorgekommen?«

»Nicht besonders. Sie hatte ziemlich stark getrunken und wurde ab und zu rauhbeinig. Mischte sich in die kleinen Spielchen, die die andern trieben. Und sang im unpassendsten Moment dieses dumme Lied. Mein Herz gehört – und so weiter. Wenn Sie Carl sehen, lächeln Sie, schütteln Sie ihm die Hand, grüßen Sie ihn von mir und treten Sie ihm tüchtig in den Allerwertesten. Ich wäre bereit, dafür eine kleine Extraprämie zu zahlen.«

»Eine Frage. Ist sein Akzent echt?«

»Gott bewahre. Der gehört zum Geschäft.«

»Haben Sie für Schutz gesorgt?«

»Alles in Ordnung. Passen Sie auf sich selbst auf. Dana wird mich auf dem laufenden halten.«

»Wollen Sie noch einmal mit ihr sprechen?«

»Nicht nötig. Gute Jagd dann. Auf Wiederhören!«

Ich legte auf und fragte: »Haben Sie die Absicht, ihr alles auf die Nase zu binden, was wir in Erfahrung bringen?«

Sie hatte das Scheckbuch aus dem Fach genommen, um den Betrag einzutragen, den sie eingezahlt hatte. Sie sah mich an, eine Braue leicht gehoben. »In diesem Geschäft ist sie an Intrigen gewöhnt. Jeder beobachtet jeden. Außerdem versucht sie, Sie in eine bestimmte Gattung Mensch einzuordnen, Travis. Irgendwo zwischen Drehbuchautor und Hilfsproduzent. Sie weiß nicht, daß sie damit falsch liegt, aber es hat keinen Sinn, ihr das erklären zu wollen. Ich werde ihr erzählen, was sie wissen sollte, genug, um sie glücklich zu machen. Nicht mehr und nicht weniger. Okay?«

»Geteilte Loyalität?«

»Eigentlich nicht. Schließlich sind Sie beide hinter der gleichen Sache her.«

»Zeigen Sie, was Sie können. Lassen Sie sehen, wie schnell wir hier herauskommen, Sie tüchtiges Mädchen.«

6

Dana bewies, daß sie tüchtig war. Im Handumdrehen hatte sie unsere Flüge für Mittwoch morgen umgebucht. Gegen Mittag landeten wir bei Schneetreiben in Albany und starteten wenige Minuten später erneut. Als der Schneefall endete, zeigte sich der Himmel in leuchtendem Grau. Ich blickte hinab auf das winterliche New York, ich musterte Dana, die nachdenklicher als sonst schien.

Nach der Landung kümmerte sie sich um den Wagen, während ich mir das Gepäck aushändigen ließ. Auf der Bundesstraße 8 fuhren wir in die hügelige Landschaft. Wir kamen durch ein Nest mit dem Namen Poland. Es sah aus wie eine Weihnachtskarte. Die Straße war frei, rechts und links türmte sich der Schnee. Später, in den Adirondocks, wurde die Luft klarer und kälter. Die Heizung des kleinen Wagens arbeitete zufriedenstellend. Die Straße wies zahlreiche Kurven auf. Winterliche Seen flitzten vorüber, die Schwärze immergrüner Wälder gegen den Schnee, baumbestandene Hügel, die buckligen Urtieren glichen.

Es war fast vier, als wir in Speculator ankamen. Der Ort hatte die Größe Polands, aber nur einen Bruchteil seines Charmes. Der Fortschritt hatte Einzug gehalten mit Neonleuchten und bunten Gestalten, die auf Skiern die Hügel herabrasten. Ich hielt vor einem Supermarktladen, der alle Leuchten eingeschaltet hatte, um das trübe Grau des Nachmittags zu erhellen. Dana stieg aus und ging in die nächste Telefonzelle. Sie kam nach kurzer Zeit zurück und sagte: »Er soll nach Gloversville gefahren sein, um eine Expreßsendung von Wintersportgeräten in Empfang zu nehmen. Sie erwarten ihn um sechs zurück.«

»Kümmern wir uns inzwischen um die Unterkunft. Ich möchte Gelegenheit haben, mir ein Bild von Carl zu machen, um ihm dann zur rechten Zeit und am rechten Ort auf den Pelz zu rücken.«

»Vergessen Sie nicht, daß er mich erkennen wird.«

»Ich weiß. Es kann sein, daß ich Sie für den Schlußakt brauche. Warten wir ab, wie schnell er weich wird.«

Wir fanden fast im Mittelpunkt der Ortschaft ein kleines, verhältnismäßig neues Motel. Ich versuchte mein Heil. Der Gentleman am Empfang erklärte, infolge einer Abbestellung nur ein einziges Doppelbettzimmer zu haben, und das auch nur für eine Nacht, da das Zimmer von Donnerstag bis zum Ende der Woche vorbestellt war. Der Schnee sei gut, die Wettervorhersage laute günstig, es sähe aus, als sollte es eine der großen Wochen der Saison werden.

Ich ging, schob mich hinter das Steuer und sagte: »Dana, ich weiß, daß es komisch klingt, aber ich kann es wirklich nicht ändern. Sie können hineingehen und sich erkundigen, ob ich die Wahrheit gesagt habe.« Ich berichtete von der Auskunft, die ich bekommen hatte, und fuhr fort: »Ich möchte das Zimmer nehmen. Sie können nach Utica zurückfahren und morgen früh wieder in Erscheinung treten.«

Sie zögerte vier Sekunden und sagte: »Wenn Sie nicht so schrecklich schnarchen würden, brauchten wir uns nicht immer wieder mit diesem Problem herumzuschlagen. Warum gehen Sie nicht mal zum Arzt?«

»Dana, ich gebe zu, daß ich ein wenig schwer atme.«

»Ein wenig schwer! Wenn Sie in Form sind, stürzen die Leute in die Nacht hinaus und schreien: ›Der Löwe ist da!‹«

»Nur wenn ich auf dem Rücken liege.«

»Dann haben Sie auf beiden Seiten einen Rücken. Was mich betrifft, so werde ich in der guten Bergluft schlafen wie ein Bär. Sie werden es nicht fertigbringen, meine Ruhe zu stören. Versuchen Sie trotzdem, sich mit einem mäßigen Knurren zu begnügen.«

»Sie tun, als hätte ich meine helle Freude daran.«

»Wenn man Sie hört, könnte man es fast glauben.«

Ein Wagen hielt vor dem Haus, und ich fürchtete, daß wir das Zimmer verlieren würden, wenn wir unser neckisches Spiel fortsetzten. Ich stieg schnell aus und trug uns als T. McGee und Frau in das Buch ein.

Die beiden breiten Betten schienen den ganzen Raum auszufüllen. Die elektrische Wandheizung verbreitete angenehme Wärme. Wir richteten uns ein und versuchten höflich, einander nicht im Wege zu stehen. Wir kamen zu dem Entschluß, daß Dana auf dem Zimmer bliebe, während ich Carl Abelle mit dem ersten Annäherungsversuch beehrte. Die Mohawk Lodge lag sieben Meilen entfernt am Indian Lake Road, der eindrucksvolle Steigungen aufwies. Scheinwerferlicht wurde grell vom Schnee zurückgeworfen. Das Hotel war neu und paßte mit seinen Wänden aus heller Fichte gut in die Landschaft. Ein riesiges Schild verkündete, was die Mohawk Lodge zu bieten hatte – drei Skilifts, acht Abfahrten, Anfängerhügel, Skiunterricht, erstklassige Verpflegung und ebensolche Cocktails. Die Geräuschkulisse war weniger erfreulich. Es herrschte ständiges Kommen und Gehen, das grelle Stimmengewirr brach keine Sekunde ab.

Ich arbeitete mich in die Halle vor, an deren riesigem Kamin man einen Ochsen am Spieß hätte braten können. Die Decke war niedrig, von dunklem Gebälk durchzogen. Tiefe Teppiche dämpften die Schritte, überall standen Sessel und Liegestühle. Die meisten Gäste schienen junge Leute zu sein. Ich sah verschiedene Gipsbeine, Arme, die in Schlingen getragen wurden. Schwitzende Kellner brachten Drinks von der kleinen Bar in der Ecke. Aus einer großen Musiktruhe dröhnte Beatlemusik, einige Schneehäschen verrenkten die Glieder im Twist. Es gelang mir, einen Kellner am Ärmel zu packen und ihm eine Banknote in die Hemdtasche zu praktizieren. Das erkaufte mir vier Sekunden Aufmerksamkeit.

»Carl Abelle?« fragte ich.

Er deutete mit dem Kopf und sagte: »Rotes Jackett.«

Abelle lehnte an der getäfelten Wand. Er trug einen roten Blazer mit den Olympiaringen auf der Brusttasche, Silberknöpfe und ein weißes Halstuch aus Seide. Er hatte den Kopf gesenkt, in jedem Arm hielt er ein Schneehäschen. Das eine der Mädchen sprach direkt in sein Ohr. Sie kicherte, und ich sah ihr an, daß sie dabei war, einen schmutzigen Witz zu erzählen. Ich wartete, bis sie die Pointe angebracht hatte. Glokkenhelles Lachen von den Mädchen, dumpfes Hohoho von Abelle. Ich trat näher. Die drei blickten auf und musterten mich herablassend. Ich trug nicht die richtige Kleidung.

Die Mädchen sahen sehr jung aus, und die frische Luft hatte ihnen ein gesundes Aussehen verliehen. Nur ihre Augen wirkten kalt und alt. Carl sah großartig aus, ein blonder Bronzeheld mit schneeweißen Zähnen und scharfem Blick. Trotz der maßgeschneiderten Kleidung merkte man, daß er um die Hüften etwas Fett anzusetzen begann.

»Abelle?«

»Ja?«

»Ich bringe Ihnen eine Nachricht von Freunden.«

»So?«

»Von Cass. Von Vance und Patty. Von Lee und Sonny, Whippy, Nancy und der ganzen Gesellschaft.«

»Kenne ich diese Leute?«

»Ja, Sie kennen diese Leute.« Mehr sagte ich nicht. Sollte er es erst einmal verdauen. Er tat es. Er verstand es nicht, seine Gedanken zu verbergen. Seine Miene wurde verdrießlich und wachsam.

»Oho«, sagte er. »Sprechen Sie von Miß Abbott? Und von den M'Gruders?«

Ich nickte. »Und von den Cornellboys.«

»Grüßen Sie alle von mir, ja?«

»Ich sprach von einer Nachricht, Carl.«

»Und?«

»Könnten wir nicht einen Spaziergang von zwei Minuten machen?«

Er drückte die Schneehäschen an sich, flüsterte ihnen etwas zu, gab ihnen einen Klaps und schickte sie zum Kamin.

»Jetzt können wir hier sprechen, Mister...?«

»Ich habe etwas im Wagen, das ich Ihnen zeigen möchte.«

»Bringen Sie es herein.«

»Tut mir leid. Ich muß mich an Miß Deans Anweisungen halten.«

Sein Selbstvertrauen schien wiederzukehren. »Sie arbeiten also für sie? Eine sehr liebenswerte Lady, nicht wahr?«

»Sie schickt Ihnen ihre besonderen Grüße.«

Ich sah ihm an, daß er sich geschmeichelt fühlte. Aber dann erinnerte er sich an die Namen, die ich genannt hatte. Sein Instinkt sagte ihm, daß etwas nicht stimmte. »Was könnte mir Lysa schicken, das Sie nicht hereinbringen können?«

Ich blinzelte ihm feierlich zu. »Sich selbst.«

Seine Brust schien sich vor Stolz zu dehnen. »Natürlich.« Er gab mir einen Knuff in die Rippen. »Ich verstehe.«

»Damit Sie mich nicht falsch verstehen – sie wartet nicht im Wagen. Sie hat eine private Jagdhütte am See bezogen. Sie hörte, daß Sie hier sind. Sie sagte, es sei eine angenehme Überraschung. Sie wohnt bei alten Freunden. Inkognito.«

»Und Sie sollen mich zu ihr bringen?«

»Sie kennen sie. Immer impulsiv.«

»Ja, natürlich.«

»Gehen wir also?«

Er hob die Brauen. »Ich muß später hierher zurückkehren. Gesellschaftliche Verpflichtungen. Aber ja, es wäre sehr ungehörig, wenn ich nicht mit Ihnen ginge.«

Wir gingen hinaus und schritten auf den Mietwagen zu. Ich war ein paar Zentimeter größer als er, aber er wog wenigstens fünfzehn Pfund mehr als ich. Ich konnte nicht riskieren, es auf einen sportlichen Kampf ankommen zu lassen. Sicher wußte er, wie man sich seiner Haut wehrt.

Ich ging voraus und hielt ihm die Wagentür auf. Seine arrogante Miene verriet mir, daß er dergleichen für selbstverständlich hielt. Als er sich hinabbeugte, um sich auf den Sitz zu schieben, stemmte ich mich mit den Beinen in den Schnee und versuchte mit meinem besten Haken, ihm den mittleren Silberknopf ins Rückgrat zu treiben. Bei diesen kleinen melodramatischen Einlagen fühle ich mich immer wie ein Esel. Ein Mann, der in einem fairen Kampf geschlagen wird, kann Stolz und Ehre behalten. Macht man ihn ohne Warnung zum hilflosen Bündel, so wird er um so empfindlicher. Carl klappte zusammen wie ein Taschenmesser. Ich verschränkte die Hände und schlug sie ihm in den Nakken. Mit einem Stoß beförderte ich ihn auf den Sitz und schloß die Tür. Das Ganze dauerte nicht länger als dreieinhalb Sekunden.

Ich nahm hinter dem Steuer Platz. Carl lag zum Teil unter dem Armaturenbrett. Er war hinüber. Ich hörte ihn schnarchen. Wenige hundert Meter weiter fuhr ich an den Straßenrand und hielt. Ich zerrte den Bewußtlosen auf den Sitz und band ihm mit dem seidenen Tuch die Hände unter den Schenkeln zusammen. Er kippte gegen die Tür und stöhnte dumpf. Ich fuhr nach Speculator und sah mich nach einem geeigneten Platz um. Eine Meile weiter entdeckte ich ein dunkles Gebäude, das als Lager zu dienen schien. Die Auffahrt und der Parkplatz waren frei von Schnee. Die umgebenden Häuser lagen im Dunkeln, kein Fußgänger war zu sehen. Ich fuhr in den Parkplatz ein und schaltete die Scheinwerfer aus. Nichts deutete darauf hin, daß ich Aufsehen erregt hatte. Weit entfernt begann ein Hund zu kläffen. Der nächtliche Himmel war von silbernen Wolken durchsetzt. Kahle Bäume reckten sich.

Ich öffnete die Tür auf Carls Seite. Er rollte mir entgegen. Ich hob ihn auf und trug seine 220 Pfund vier Schritte weiter. Ich drückte ihn rücklings in den aufgetürmten Schnee, so daß er wie in einem Lehnsessel saß. Die gefesselten Hände hielten ihn vornübergebeugt, so daß er so hilflos war, wie ein Mann nur sein konnte.

Er schüttelte seine Löwenmähne langsam und sagte: »Schlecht. Mir ist so schlecht. Bitte.«

Ich zerzauste ihm das blonde Haar mit der lässigen Zuneigung, die man einem kleinen Jungen erweist. Lachend streichelte ich ihm dreimal die Wangen, setzte ein wenig Dampf hinter das vierte Tätscheln. Es war kein Schlag, aber auch keine Zärtlichkeit. Er war die unmißverständliche Aufforderung, mir genau zuzuhören und keine Schwierigkeiten zu machen.

Meine Augen hatten sich an die Dunkelheit gewöhnt. Ich konnte ihn genau sehen. Die Dinge hatten sich zu schnell für ihn entwickelt. Er starrte mich sprachlos an, bereit und willens, sich bei mir beliebt zu machen. Es war genau die richtige Haltung.

»Carl, Baby, Lee ist über tausend Meilen entfernt, und sie würde Ihnen nicht hallo sagen, wenn Sie ihr auf der Straße begegneten.«

»Was wollen Sie...«

»Sie ist eine mächtige Geldanlage. Die Leute, für die ich arbeite, werden schnell nervös, wenn es um ihr Kapital geht. Das verstehen Sie doch, Carl, Baby, nicht wahr?«

»Ich weiß nicht, was Sie...«

»Sie sind sehr böse mit Ihnen, Sweetie. Sie sind sehr dumm und sehr unartig gewesen. Sie hätten nicht gemeinsame Sache mit den Leuten machen sollen, die Lee das Leben schwermachen wollten. Sie hätten sich darüber klar sein müssen, daß wir Ihnen früher oder später auf die Spur kommen würden, Baby.«

»Das muß ein Mißverständnis...«

»Hören Sie auf, den Trottel zu spielen. Dazu ist es zu spät. Jetzt sind Sie dran. Man hat mir ziemlich freie Hand gelassen. Ich könnte Ihnen zumindest ein paar Knochen brechen, Carl. Schlimmstenfalls hole ich die Schaufel aus dem Wagen und begrabe Sie unter diesem Schnee. Wer weiß, wie lange es dauert, bis Tauwetter einsetzt.«

Seine hervortretenden Augen warnten mich. Als er den Mund zu einem Schrei des Schreckens und des Protestes öffnete, stopfte ich ihm schnell eine Faust voll Schnee hinein. Nachdem er sich ausgehustet hatte, tupfte ich ihm das Schneewasser mit einem Taschentuch aus dem Gesicht.

»Bitte«, sagte er. »Ich weiß nicht, was Sie...«

Wieder zerzauste ich sein Haar. »Die Aufnahmen, Sweetie. Die Fotos, die Bilder. Wie dieses hier zum Beispiel.«

Ich hatte es, gefaltet, in der Rocktasche. Ich hielt es ihm vor die Augen und ließ das Feuerzeug aufflammen. Ein Lysa-Dean-Sandwich. Ich zog es fort, als er die Augen schloß.

»Oh«, sagte er mit schwacher Stimme, »mein Gott.«

»Können Sie mir jetzt einen triftigen Grund sagen, warum Sie nicht jung sterben sollten?« fragte ich ebenso leise.

7

Kurz vor neun erreichte ich das Motel. Die Tür war unverschlossen. Als ich eintrat, erhob sich Dana aus dem einzigen Sessel und kam mir entgegen, eine schlanke Silhouette vor dem Lampenlicht.

»Sie waren lange fort«, sagte sie.

Es war warm im Zimmer. Ich schlüpfte aus dem Jackett und streckte mich auf einem der Betten aus. »Streichen Sie einen Skilehrer von der Liste«, sagte ich. »Wir können sofort abreisen, wenn Sie wollen.«

Sie blickte sekundenlang auf mich herab, dann wandte sie sich um und mixte mir in einem silbernen Becher einen Drink. Sie brachte ihn mir und setzte sich ans Fußende des Bettes.

»Können Sie Gedanken lesen?« fragte ich.

Sie lächelte. »Sie sehen aus, als könnten Sie ihn gebrauchen. Mußten Sie ihm... weh tun?«

»Man sieht ihm nichts an. Ich mußte ihn in sein Zimmer im Hotel schmuggeln. Er wollte niemanden sehen. Seine Beine machten nicht mehr mit. Ich mußte ihm aus dem Wagen helfen und ihn beim Gehen stützen. Er weinte wie ein kleines Kind. Er hörte nicht auf, mir zu versichern, wie dankbar er sei, daß ich ihn am Leben ließ. Er mag mich, so wie ein Kranker seinen Psychiater mag. An seiner Tür klopfte ich ihm auf die Schulter und riet ihm, sich ordentlich auszuschlafen. Nein, Dana, ich habe keine sichtbaren Spuren hinterlassen. Aber andere – unsichtbare. Sie halten länger vor. Von nun an wird er weniger Sicherheit, weniger Selbstvertrauen haben. Langsam wird seine Maske verrutschen. Er wird nie wieder den richtigen Ton finden. Die Schneehäschen werden es merken, und vielleicht wird die Erinnerung an heute abend ihn einmal versagen lassen. Einmal ist genug, weil das alles ist, was ihm blieb.«

Dana beobachtete mich. Plötzlich grinste sie. »Versuchen Sie nicht, mich oder sich selbst zu betrügen«, sagte sie. »Wenn

Sie etwas Wichtiges erfahren hätten, würden Sie keine philosophischen Reden halten.«

Ich gab es zu. Sie mixte mir einen neuen Drink. Ich erzählte ihr, was ich herausgefunden hatte. Es war nicht sehr viel. Abelle war sicher in einem Punkt. Niemand war Lysa Dean zum Chipman-Haus gefolgt. Keiner der ›Spielgefährten‹ hatte jemanden von ihrer Anwesenhbeit informieren können, weil niemand wußte, mit wem er das Haus bewohnte. Und niemand hatte das Haus auch nur vorübergehend verlassen. Cass war Caswell Edgars, ein Künstler aus San Francisco. Abelle hatte nichts davon gewußt, daß Nancy Abbott mit Sonny Catton weitergereist war, auch wußte er nichts von Sonnys Tod. Er hatte bestätigt, daß Nancy Gast bei den M'Gruders in Carmel gewesen war und daß Vance M'Gruder ein Freund Alex Abbotts, Nancys älterem Bruder, war.

»Sonst nichts?« fragte Dana.

»Nur Vermutungen. Aber was sind sie wert? Ein Mann, der unter physischem Druck steht, versucht zu gefallen. Wie das Medium eines Hypnotiseurs. Streichen wir die Cornellboys. Streichen wir Cass Edgars und die Kellnerin. Nach Abelle können wir auch Lysa Dean streichen. Wem galt die Falle also? Nancy Abbott? Vance M'Gruder? Patty M'Gruder? Sie haben Geld, bei ihnen lohnte sich Erpressung. Miß Dean war eine unerwartete Zugabe. Die Aufnahmen, die Nancys Vater bekam, waren nicht die gleichen wie die, die Lee zugeschickt wurden. Okay, der Bursche verbrauchte vielleicht ein Dutzend Filme. Oder zwei Dutzend. Zweihundertfünfzig bis fünfhundert Aufnahmen. Er könnte noch eine Serie haben, um sie Vance zu verkaufen, eine andere für Parry, vielleicht eine Serie für jeden, bis er herausfand, bei wem es sich lohnte. Vielleicht war es sogar ein krasser Außenseiter, der Vögel auf den Film bannen wollte, aber ein lohnenderes Motiv auf der hundert Meter entfernten Terrasse fand.«

»An diese Lösung glauben Sie doch selbst nicht?«

»Nein. Bevor sie ihre Einkäufe erledigten, wußten alle, wem das Haus gehörte, zu dem sie fuhren. Wenn die Sache geplant war, mußte jemand vor der Abfahrt dem Mann mit der Kamera einen Tip gegeben haben. Oder jemand folgte ihnen. Ich halte die erste Möglichkeit für wahrscheinlicher, Dana. Nach der Art, wie sich die Party entwickelte, muß jemand die Fäden gezogen haben. Dann aber kommt ein zufälliger Fotoamateur nicht in Frage.«

»Konnte er Ihnen verraten, wer der Party diese Richtung gab?«

»Er sagte, es hätte sich von selbst ergeben. Alle waren betrunken. Dann kamen die Pfänderspiele. Jemand bekam eine Binde vor die Augen. Begann zu suchen. Mußte die erste Person, die ihm begegnete, durch Betasten identifizieren. Gelang es ihm, mußte der Identifizierte ein Kleidungsstück ablegen, mißlang ihm der Versuch, wurde er selbst ein Kleidungsstück los.«

Ich überlegte eine Weile. »Ich werde aus Abelle nicht schlau. Daß er nicht wußte, daß irgendwo eine Kamera lauerte, glaube ich ihm. Trotzdem behauptet er, das Gefühl gehabt zu haben, daß etwas nicht stimmte. Und das, obwohl er alles andere als ein sensibler Typ ist. Er konnte es nicht in Worte kleiden. Nach dem Schluß der Party, als er mit Lee wieder allein war, wurde er das Gefühl nicht los, daß die Party jemandem schweren Ärger bringen würde.«

»Mußte nicht jeder Teilnehmer dieses Gefühl haben?«

»Ja, wenn es neu für sie gewesen wäre. Aber Abelle hat sich in ähnlichen Situationen befunden, ohne von Gewissensbissen oder wie man es nennen will, geplagt zu werden. Er hatte, wie er sagte, das Gefühl, daß jemand wegen dieser Party ein gewaltsames Ende finden würde.«

»Was tun wir als nächstes, Trav?«

»Ich möchte herausbringen, auf welchem Wege Nancy Abbotts Vater die Aufnahmen erhielt und ob sich wieder jemand bei ihm meldete.«

Ich setzte den silbernen Becher ab. Als Dana mich sanft wachrüttelte, glaubte ich nur Sekunden geschlafen zu haben. Ein aromatischer Duft durchzog den Raum. Dana hatte in einem nahen Restaurant gegessen und mir ein komplettes Menü mitgebracht. Es schmeckte so gut wie es duftete.

Später erwachte ich zum zweitenmal. Der Raum lag im Dunkeln. Jemand hatte mir die Schuhe ausgezogen. Trotz der übergelegten Decke hatte mich die Kälte des Raumes geweckt. Durch die Jalousie kam ein Abglanz der Neonzeichen von draußen, und ich erkannte Dana, deren dunkles Haar sich von dem Kissen abhob. Leise entkleidete ich mich bis auf die Shorts und schlüpfte auf das kühle Laken zurück. Sekunden später schlief ich wieder. In meinen Träumen hörte ich Abelle jammern. »Bitte nicht – oh, bitte – bitte, Mister!«

Danas Flugpläne verrieten, daß wir besser von Syracuse fortkommen würden. Wir machten uns also frühzeitig auf den Weg und fuhren in westlicher Richtung, dem Flughafen von Syracuse entgegen. Die beste Verbindung stellte ein Flug nach Chikago und von dort Nonstop nach San Francisco dar. Ich stellte fest, daß Dana mit ihrer lächelnden Höflichkeit alle Schwierigkeiten im Handumdrehen überwand. Sie brauchte nur eine Braue zu heben, und ein Gepäckträger setzte sich aus der entferntesten Ecke in Bewegung. So etwas ist eine seltene Gabe. Ich versuchte, ihr einige der Arbeiten abzunehmen, fühlte mich aber keineswegs wohl dabei. Es war ihr Job, sie war daran gewöhnt, tausend Dinge zu gleicher Zeit zu erledigen.

Sie wehrte sich der Form halber, nahm dann aber doch den Fensterplatz, den ich ihr anbot. Nachdem wir die Sitzgurte angeschnallt hatten, zog sie ihr kleines Notizbuch zu Rate und sagte: »In Chicago haben wir eine Stunde und fünfzig Minuten Aufenthalt. Ich werde die Zeit benutzen, um einige Telefongespräche zu führen. Sitzen Sie gut, Travis? Brauchen Sie etwas?«

»Warum gehen Sie nicht in die Pilotenkanzel und helfen ihnen mit der Checkliste, damit wir starten können?«

Ihr Mund wurde schmal, Röte stieg in ihr Gesicht. »Ich habe nicht die Absicht, Sie zu bevormunden. Warum sind Sie so schlechter Stimmung?«

»Ich frage mich, wie die Dinge in meinem Büro laufen.«

»Ich wette, sie merken kaum, daß Sie nicht da sind.«

»Danke. Vielen Dank. Das war eine große Hilfe.« Wir lachten beide. Ich bemerkte, daß einer ihrer Eckzähne ein wenig schief stand. Wenn man an dergleichen Unvollkommenheiten Gefallen findet, ist Vorsicht geboten. Lysa Deans Zähne waren makellos, aber sie hatten mich kalt gelassen.

Alexander Armitage Abbott lag sterbend im Zimmer 310 der Universitätsklinik. Am Ende des langen Ganges lag ein Warteraum. Grauer Regen prasselte gegen die Scheiben und verwehrte die Aussicht auf die Hügel. Es war Freitag nachmittag. Dana setzte sich neben mich auf die Couch.

»Mir gefällt dieser junge Mann nicht«, sagte sie. »Dasselbe gilt für seine Frau.«

»Man sieht es Ihnen an. Machen Sie sich nichts daraus. Die beiden legen keinen Wert darauf, die Sympathien anderer zu erringen.«

Der junge Mann kam zurück. Nancys Bruder Alex. Bullig, dunkel, sanft aussehend. Von der Art, die nach Rasierwasser duftet und stets tadellos manikürte Fingernägel hat. Er bedachte uns mit einem Lächeln wohlabgewogener Traurigkeit und setzte sich uns gegenüber. »Entschuldigen Sie die ständigen Unterbrechungen. Sie wissen, wie es ist.« Er zuckte die Achseln. »Einer von uns sollte immer bei ihm sein. Das scheint es ihm leichter zu machen. Ob Sie es glauben oder nicht, Elaine versteht es besonders gut.«

»Ich nehme an, er legte keinen Wert darauf, Nancy zu sehen«, sagte Dana unschuldig.

»Gott, nein!« sagte Alex. »Ich glaube wirklich, daß er viele Jahre länger gelebt hätte, wenn sie nicht diese Schande und diesen Kummer über ihn gebracht hätte. Sie ist meine einzige Schwester, aber das ist kein Grund für mich, sentimental zu werden. Es gibt Menschen, die verdorben geboren werden.« Er machte eine hilflose Geste. »Nichts, was wir versucht haben, um ihr zu helfen, hat einen Sinn gehabt. Sie hat das Leben für uns alle schwierig gemacht.«

»Sie verstehen unsern Standpunkt, Mr. Abbott«, sagte ich.

»Natürlich. Ich erkenne an, daß Sie die Sache vertraulich behandeln wollen. Ich denke, ich verstehe ihre gegenwärtige Lage und auch Mr. Burleys Befürchtungen. Ich bin gewillt, ihm persönlich zu schreiben und ihm den monatlichen Zuschuß von tausend Dollar zu garantieren, der ihren Aufenthalt dort ermöglicht, solange es sein muß. Ich gebe zu, daß ich diese Institution ausgesucht habe. Ich wollte sie so weit wie möglich von San Francisco haben. Dad hinterläßt ihr natürlich nichts. Aber ich kann Ihnen verraten, daß es sich um ein ziemlich großes Vermögen handelt. Ich würde mich moralisch zum Helfen verpflichtet fühlen. Ich bin froh, daß der Weg Sie und Miß Holtzer hierher geführt hat, so daß wir uns aussprechen konnten.«

Ich fühlte, daß er uns loszuwerden versuchte. Danke und Aufwiedersehen. Er war ein Bursche, der sich nicht leicht fangen ließ. »Wir sind noch nicht fertig mit der Aussprache, Mr. Abbott«, sagte ich. »Mr. Burley hat auch moralische Verpflichtungen. Er kann sich leider um Nancy nicht so kümmern, wie es sein müßte. Unter der gegenwärtigen Regelung kann er es sich nicht leisten, in regelmäßigen Abständen jemanden kommen zu lassen, der Nancy behandelt. Wir sind lediglich als Freunde von Hope Island hier.«

»Ich verstehe, aber...«

»Wenn der monatliche Zuschuß verdoppelt werden könnte...«

»Das ist ausgeschlossen«, sagte er bedauernd. »Ich halte es für besser, wenn Mr. Burley sie einer Anstalt übergibt, wenn er glaubt, daß das notwendig ist.«

»Die Sache hat nur einen kleinen Haken«, sagte ich. »Von Zeit zu Zeit scheint sie vollkommen gesund und vernünftig zu sein. Sie hält sich für das Opfer einer Verschwörung. Wir wissen natürlich, daß das nicht der Wahrheit entspricht, aber es klingt sehr einleuchtend, und wenn sie in eine andere Anstalt käme, könnte man eine eingehende Untersuchung für notwendig halten.«

»Ich verstehe Sie nicht«, sagte Alex kopfschüttelnd.

Ich nickte Dana zu, und sie übernahm die Beantwortung der Frage.

»Nancy behauptet, daß Sie sie vor eineinhalb Jahren in die Obhut gewisser Leute mit dem Namen M'Gruder gaben.«

»In die Obhut!« erwiderte er betreten. »Davon kann keine Rede sein. Sie fühlten sich verpflichtet, mir zu helfen, das ist alles. Natürlich kannten sie Nancy. Sie wußten, daß sie zum Problem werden konnte, aber es kam darauf an, sie von einer Gesellschaft, in die sie geraten war, zu trennen und...«

»Ich wiederhole nur, was Nancy gesagt hat. Wir alle wissen, daß sie nicht gesund ist, Mr. Abbott. Sie behauptet, daß die M'Gruders, um Ihnen einen Gefallen zu tun, sie betrunken machten und in eine Situation brachten, in der es möglich war, kompromittierende Aufnahmen zu machen. Diese Aufnahmen wurden Ihrem Vater zugesandt, um sicherzustellen, daß Sie der alleinige Erbe blieben. Sie behauptet, daß Sie und Ihr Vater sie dann einzusperren versuchten, aber sie konnte fliehen und blieb lange frei, bis Sie ihr dann doch auf die Spur kamen und sie nach Hope Island schickten.«

Dana war großartig. Ich beobachtete sein Gesicht. Er hatte eine ganze Skala von Reaktionen zur Verfügung und versuchte es mit amüsierter Entrüstung. Aber er schaffte es nicht ganz.

»Wollen Sie mir erzählen, jemand könnte diesen Unsinn glauben?«

»Das ist nicht nötig«, sagte ich. »Aber es könnte doch Anlaß sein, ihren Beschuldigungen nachzugehen.«

»Aber warum?«

Ich nickte Dana zu. Sie nahm das Foto aus ihrer großen Handtasche. Ich zog es aus dem Umschlag und gab es Alex Abbott. Seine Hände zitterten, als er darauf starrte. Er schluckte und sagte leise: »Diese Aufnahme war nicht...« Er brach ab und fuhr fort: »Dieses Bild hatte sie? Haben Sie diese Aufnahme von meiner Schwester?«

»Es ist eine von mehreren. Mr. Burley hat sie in seinem Safe.«

»Aber woher hatte sie sie? Sie besaß sie nicht, als wir sie dort hinbrachten.«

»Sie gingen ihr durch die Post zu«, sagte ich. »Mr. Abbott,

was hatten Sie sagen wollen? Diese Aufnahme war nicht... was war sie nicht?«

Er öffnete die Augen weit. Er lächelte traurig. »Ich schätze, ich sollte offen zu Ihnen sein.«

»Wir wären sehr dankbar«, sagte Dana.

»Ich gebe zu, daß ich einen Fehler machte, als ich für ihre Unterbringung bei den M'Gruders sorgte. Ich wußte, daß sie ein leichtes Leben führten. Ich war der Ansicht, ein bißchen Frohsinn würde sie ermuntern und hindern, Dummheiten zu begehen. Ich hatte keine Ahnung, daß die M'Gruders sich für dergleichen hergeben würden.« Er gab mir die Aufnahme zurück.

»Ich hatte angenommen, daß diese Aufnahme Sie wütender machen würde«, sagte ich.

»Um die Wahrheit zu gestehen, es gab noch andere Aufnahmen von Nancy. Sie wurden meinem Vater zugeschickt, mit einer Geldforderung. Es kam zu einer häßlichen Szene zwischen meinem Vater und ihr. Sie lief aus dem Haus. Er zeigte mir die Aufnahmen. Er war erschüttert, vollkommen gebrochen. Er bat mich, die Aufnahmen zu vernichten, was ich sofort tat. Mehrere Tage später, Nancy hatte das Haus schon verlassen, rief jemand meinen Vater wegen des Geldes an. Er sagte ihnen, sie sollten zum Teufel gehen und könnten mit den Aufnahmen machen, was sie wollten.«

»Er wandte sich nicht an die Polizei?«

»Nein.«

»Drohte der Anrufer?«

»Nein. Dad sagte, der Mann sei ausgesprochen höflich gewesen. Er hatte einen britischen Akzent und schien ungebildet. Er sagte, er würde später noch einmal anrufen, tat es aber nicht, soweit mir bekannt ist. Auf einem der Fotos handelte es sich um... nun, um Vance M'Gruder und meine Schwester. Ich war wütend auf ihn und suchte ihn auf. Er war allein im Haus, Patty hatte ihn verlassen. Später erfuhr ich, daß ihre Ehe annulliert worden war. Er erweckte weder den Eindruck von Scham noch Schuld oder sonst etwas. Nur entsetzlich gleichgültig. Meine Worte rührten ihn überhaupt nicht. Er sagte, er hätte noch nie den Beruf des Kindermädchens ausgeübt. Er wisse nicht, wo Nancy stecke, und es sei ihm auch gleichgültig. Ich hatte geglaubt, ich würde sie dort bei ihnen finden. Ich wollte wissen, wer die Aufnahmen gemacht hatte.«

»Wußte er es?«

»Er sagte, keiner der Teilnehmer an der Party hätte sie machen können. Sie müßten mit einem Teleobjektiv gemacht worden sein.«

»Schien er überrascht, daß Aufnahmen gemacht worden waren?«

»Nein. Ich hätte gern gewußt, ob man auch versucht hatte, aus ihm Geld herauszuholen.«

»Haben Sie ihn danach gefragt?«

»Nein. Er war zu ungeduldig und ängstlich, mich loszuwerden.«

»Kannten Sie jemanden von den anderen Leuten auf den Aufnahmen?«

»Außer den M'Gruders nur einen – einen Künstler, den ich...« Er brach plötzlich ab und hob nachdenklich die Brauen. »Warum sind Sie so interessiert an den Fotos?«

Ich zuckte die Achseln. »Ich denke, es ist nur natürlich. Mr. Burley war auch an ihnen interessiert. Sie müssen in einer Beziehung zu der Selbsteinschätzung des Mädchens stehen. Ich nehme an, daß sie sich besser fühlen würde, wenn sie wüßte, daß es sich um eine Verschwörung, einen üblen Trick handelte.«

»Mr. McGee, wenn Nancy je die Hoffnung hatte, die Hälfte des Vermögens zu erben, so hatte sie das Anrecht darauf lange vor der Entstehung dieser Aufnahmen verspielt. Natürlich werde ich sie zeit ihres Lebens unterstützen. Aber was Sie fragen, scheint...«

»Oh, ich glaube nicht, daß sie Ihnen viel Ärger verursachen könnte, Mr. Abbott.«

»Ich verstehe überhaupt nicht, wie es dazu kommen könnte.«

Lächelnd zuckte ich die Achseln. »Eine Anstalt könnte auf den Gedanken kommen, ihr einen juristischen Berater zu stellen. Sie wissen, wie so etwas vor sich geht. Honorar je nach Erfolg. Und Sie sagen selbst, daß es sich um ein beträchtliches Vermögen handelt. Zumindest könnte ein solcher Schritt die gerichtliche Testamentsanerkennung hinauszögern.«

Er musterte seine Fingernägel, dann ging er zum Fenster und blieb dort stehen. »Sie sagen, daß sie sich auf der Insel glücklich zu fühlen scheint?«

»Sie hat Freunde dort. Und die Illusion der Freiheit.«

Ohne sich umzuwenden, sagte er: »Und die Verschlechterung ihres Zustandes, von der Sie sprachen? Ist sie unaufhaltsam?«

»Allem Anschein nach.«

»Wenn ich den Unterhaltsbetrag für – sagen wir, weitere sechs Monate erhöhte, glauben Sie, daß sie dann...«

»Sagen wir achtzehn Monate.«

»Ein Jahr. Nicht länger.«

»Ich werde Mr. Burley über Ihren Vorschlag informieren.«

Er sah auf seine Uhr. »Elaine wird nervös, wenn ich sie zu lange allein dort drin lasse. Dank für Ihren Bericht. Guten Tag.« Er ging hinaus, ohne uns noch eines Blickes zu würdigen.

Als wir mit dem Lift hinabfuhren, sah mich Dana an, schüttelte den Kopf und sagte: »Sie sind verteufelt gut, Trav. Sie verstehen Ihr Handwerk. Sie sind besser, als ich es erwartet hatte. Sie sind schamlos. Sie sind ein Bastard, Trav. Natürlich wissen Sie, daß er glaubt, Sie würden die zusätzliche Summe mit Mr. Burley teilen. Er rechnet damit, daß Sie auf Klage drängen, wenn er nicht mitspielt. Wie rechtschaffen und harmlos Sie dabei aussahen. Boy, o Boy!«

»Ein Mann wie er glaubt nichts, was nicht nach einer krummen Sache aussieht.«

»Ein Mann wie er erweckt in mir das Bedürfnis nach einem gründlichen Bad. Es wäre besser, Sie ließen ihn nicht allzu lange allein bei seinem lieben Daddy. Er ist ungeduldig.«

Bevor ich den Wagen startete, wandte ich mich zu ihr um und sagte: »Fassen Sie zusammen.«

»Was? Ach so. Also – *er* hat die Aufnahmen nicht bestellt.

Der Mann, der sie machte oder machen ließ, hat einen billigen britischen Akzent. M'Gruder wußte von den Aufnahmen. Da war doch noch etwas. Lassen Sie mich überlegen. Richtig. Die Ehe wurde annulliert. Habe ich etwas vergessen?«

»Nichts. Sie sind sehr tüchtig.«

»Ich verfüge über einen gewissen Sinn für Ordnung.«

8

Einer längst erkalteten Spur zu folgen, kann entsetzlich langweilig und entmutigend sein. Wir hatten diese Schwierigkeiten nicht, wahrscheinlich weil wir zu zweit waren und jedes Problem von zwei Seiten angehen konnten.

Wir fanden Caswell Edgars in Sausalito. Er sah zwanzig Pfund schwerer aus als auf den Fotos und lebte in unvorstellbarer Unordnung in der luxuriös eingerichteten Wohnung einer dürren Blondine, die die Fünfzig längst hinter sich hatte. Sie war ebenfalls anwesend, in hautengen Hosen und mit affektiert mädchenhaftem Gekicher. Ohne daß wir sie danach gefragt hätten, erklärte sie uns eifrig, daß Cassie in Kürze hart zu arbeiten beginnen würde, um sich auf die Einmann-Show vorzubereiten, die sie für ihn arrangieren wollte.

Sie hatte dicke Fesseln, einen Specknacken und ein blaues Auge, das sich gelb zu verfärben begann. Trotz der Eleganz der Einrichtung herrschte eine bedrückende Atmosphäre. Die Frau sprach unaufhörlich von ihrem armen, kleinen, alten Henry, wobei es sich um einen Ehegatten zu handeln schien, wenn auch unklar blieb, ob er noch lebte oder das Zeitliche gesegnet hatte.

Edgars wußte absolut nichts von irgendwelchen Aufnahmen. Aber er hatte keine Mühe, sich an die Vorgänge zu erinnern. »Mann, das war ein tolles Ding! Dieses kleine Flimmermädchen war scharf wie eine läufige Hündin. Die ganze Zeit mußten alle nach ihrer Pfeife tanzen. Hat jemand versucht, sie mit den Aufnahmen aufs Kreuz zu legen? Sie haben nichts davon gesagt.«

»Nein, das habe ich nicht.«

»Sonny tauschte die Kellnerin gegen die große Dunkelhaarige ein und dann schrammte er ab. Es ist verdammt hart, sich seine Brötchen auf diese Weise zu verdienen. Früher oder später sind sie alle dran. Ich habe gelesen, daß er sich irgendwo das Genick brach.«

»Leg meine Platten auf, ja, Cassiebaby?« sagte die Frau.

Keiner von beiden schien unser Gehen zu bemerken oder sich dafür zu interessieren. Obwohl es warm im Wagen war, schauderte Dana.

»Streichen Sie einen weiteren Bewerber, Danababy.«

»Bitte nicht«, sagte sie leise. »Trav?«

»Ja?«

»Wissen Sie, was ich glaube? Diese Terrasse bedeutete Unglück für alle, die dabei waren. Sonny Catton, Nancy Abbott, Carl Abelle... und Caswell Edgars.«

»Ausgleichende Gerechtigkeit?«

»Ich weiß es nicht. Vielleicht. Vielleicht gibt es wirklich so etwas, Trav.«

Was über Carmel zu erfahren war, erledigte Dana mit einigen Telefongesprächen. Das Haus der M'Gruders war vor fast einem Jahr verkauft worden. Aus Zeitungsausschnitten lernte ich ein wenig mehr. M'Gruder hatte einen älteren Bruder gehabt, der im Krieg gefallen war. M'Gruders Vater hatte eine kleine Erfindung gemacht, die in jedem Betrieb gebraucht wurde. Vance M'Gruder hatte eine Patricia Gedley-Davies, die offensichtlich aus England stammte, vor drei Jahren in Kalifornien geheiratet. In kleineren Bootsrennen hatte sie zu seiner Besatzung gehört. Gesellschaftlich zählten die M'Gruders nicht zur obersten Klasse, hatten anscheinend auch keinen Wert darauf gelegt. Aber sie hatten Geld, und man hätte annehmen sollen, daß die Annullierung der Ehe mehr als sechs Zeilen auf Seite 36 wert gewesen wäre. Diese Annullierung war etwa zwei Monate nach der Party ausgesprochen worden.

Dana Holtzer saß in meinem Hotelzimmer. Sie hatte die Schuhe abgestreift und die Beine angezogen und dachte über die Unterhaltung mit Lysa Dean nach, die sie eben beendet hatte.

»Diese Annullierung der Ehe«, sagte sie kopfschüttelnd.

»Sie ist in einem Staat mit Gütergemeinschaftsrecht der billigste Ausweg für den Mann.«

»Allerdings.«

»Und es handelte sich um ein Verfahren unter Ausschluß der Öffentlichkeit, oder wie man es nennt. Nur der Richter, die beiden und der Anwalt. Jeder ist mit allem einverstanden, und der Richter erklärt, daß die Ehe nie existierte. Aber sie war keine demütige Frau, Trav. Eher herrsch- und streitsüchtig. Sie kam aus dem Nichts und heiratete einen reichen Mann. Würde sie kampflos aufgeben? Was veranlaßte sie, auf den Kampf um ihr Recht zu verzichten?«

»Und wo ist sie?«

Wir konnten unsere Fragen nicht beantworten, aber irgendwo mußten die Antworten liegen. Um Zeit zu sparen, beschlossen wir, uns am Montag zu trennen. Ich würde einer kleinen Idee nachjagen, die ich für mich entwickelt hatte. Dana sollte sich hinter Lloyds Register klemmen und mit Hilfe einer erfundenen Story herauszufinden suchen, was unter den Segelbootsnarren für Gerüchte über die M'Gruders umliefen.

Es regnete den ganzen Tag, und die Stimmung war so trübe wie die Büros, die ich besuchte. Ermittlungsagenturen legen keinen Wert auf großartig eingerichtete Geschäftsräume. Sie ziehen es vor, die Unkosten niedrig zu halten. Die meisten Privatdetektive sind traurige, bleiche Männer, die mit dem gleichen Schwung arbeiten, wie der Mann, der zum Desinfizieren einer Wohnung kommt.

Ich hatte meinen Vers zusammen, als ich in das dritte Büro kam. Mein Name war Jones, ausgesprochen mit jener Betonung, die keinen Zweifel ließ, daß der Name alles andere als Jones war. Als Beruf gab ich ›Manager eigener Investierungen‹ an. Das brachte leichten Glanz in müde Augen. Meine junge, aus Italien stammende Frau machte Seitensprünge. Zwei Männer glaubte ich mit Sicherheit zu kennen. Vielleicht gab es auch noch einen dritten. Ich brauchte jemanden, der mir, ohne daß meine Frau es bemerkte, Aufnahmen in flagranti lieferte, so daß die Scheidung mich wenig kosten würde.

»Nein, Sir, mit solchen Dignen geben wir uns nicht ab.«

»Wer dann? An wen wende ich mich?«

»Das kann ich Ihnen leider nicht sagen, Mister.«

Um vier Uhr kreuzte ich bei einem Mann auf, der widerwärtig und hungrig genug war. Er sah wie ein Cop aus. Nicht wie ein guter Cop, sondern wie einer mit offener Hand. Ich vermutete, daß man ihn rausgeschmissen hatte und daß es ihm seitdem in seinem Beruf nicht allzu glänzend gegangen war. Er hatte in einem der großen Geschäftshäuser ein winziges Loch und gab sich nicht einmal den Anschein, beschäftigt zu sein.

Er hörte sich meine Geschichte an und beobachtete mich mit der verborgenen Angst eines zahnlosen Krokodils, das einen fetten braunen Hund am Ufer mustert. Seinem Atem nach konnte er nur noch schlechte Zähne im Mund haben. Unwillkürlich rückte ich von ihm ab.

»Nun, Mr. Jones, vielleicht kann ich Ihnen helfen, vielleicht auch nicht. Aufträge wie diese werden natürlich nur gegen Kasse erledigt. Sie verstehen?«

»Natürlich.«

»Ich habe da jemanden, den ich empfehlen könnte. Einen Klassemann. Wenn er sich etwas vornimmt, schafft er es. Aber er ist natürlich teuer.«

»Wie teuer?«

»Wenn man das Risiko und alles betrachtet, würde ich sagen, daß er nicht unter fünftausend zu haben ist. Aber er ist wirklich ein Professional und wird Ihnen Fotos liefern, die Ihre kleine Italienerin für alle Zeiten festnageln. Der Bursche hat die komplette Ausrüstung, die erforderlich ist, aber er ist ein spaßiger Knabe. Wenn er keine Lust zum Arbeiten hat, arbeitet er nicht, und wenn Sie ihm eine Million bieten.«

»So etwas habe ich noch nie gehört.«

»Künstlernaturen, Mister. Temperament, verstehen Sie?«

»Ich glaube zu verstehen, was Sie meinen.«

»Nun würde dieser Mann nur durch mich für Sie arbeiten. Ich habe aber keine Lust, meine Zeit zu verplempern und ihn zu etwas zu überreden, solange ich keine Garantie habe, daß Sie wenigstens den Start finanzieren. Ich spreche von dem

Ferngespräch, das ich führen muß und das eine Kleinigkeit kostet.«

Ich zog meine Brieftasche, öffnete sie unterhalb der Schreibtischplatte, entnahm ihr eine Hundertdollarnote und schob sie neben seinen Ellbogen. Eine große Hand legte sich darauf, und sie war verschwunden. Mit dem Rücken der andern Hand fuhr er sich über den Mund. »Also gut. Warten Sie draußen in der Halle. Es steht eine Bank da, Sie brauchen nicht zu stehen.«

Ich wartete fast fünfzehn Minuten. Komisch aussehende Leute kamen und gingen. Er kam heraus, schob sich an meine Seite und stieß seinen faulen Atem gegen meinen Kragen. »Ich werde Ihnen sagen, was los ist. Ich konnte ihn nicht erreichen. Aber ich habe einen Tip bekommen, daß da jemand anderer ist, der gute Arbeit auf diesem Gebiet leistet. Geben Sie mir etwas Zeit.«

»Warum konnten Sie den Mann, von dem Sie sprachen, nicht erreichen?«

»Er ist seit einiger Zeit tot. Ich wußte es nicht. Wäre er noch in der Stadt gewesen, hätte ich es erfahren, aber so...«

»Ich rufe Sie in ein paar Tagen an.«

»Wie wär's mit 'nem weiteren kleinen Vorschuß in der gleichen Höhe? Ich muß allerhand Vorbereitungen treffen und...«

»Darüber können wir sprechen, wenn Sie den Mann gefunden haben.«

Nach ein paar weiteren Versuchen gab er auf und kehrte mit hängendem Hosenboden in seine Bude zurück.

Mit knapp acht mächtigen Sätzen schaffte ich es in den nächsten schäbigen Saloon. Ich betrat die Telefonzelle und rief zurück. Ich hatte mir den Namen des Mädchens, das in der Vermittlung Dienst tat, gemerkt. Er stand auf einer kleinen Tafel an ihrem Tisch.

»Miß Ganz, hier spricht Sergeant Zimmermann, Betrugsdezernat. In den letzten zwanzig Minuten haben Sie ein Ferngespräch für Gannon vermittelt.«

»Wer? Was?«

»Bitte geben Sie mir den Namen, die Nummer und den Ort des von Ihnen vermittelten Gesprächs.«

»Sie wissen, daß es mir verboten ist...«

»Ich kann Sie vorladen lassen, Miß Ganz. Wenn Ihnen das also lieber ist...«

»Sagten... sagten Sie Zimmermann?«

»Wenn Sie sich sichern wollen, Miß Ganz, so rufen Sie mich hier im Headquarter an. Wir haben eine Sondernummer.« Ich gab ihr die Nummer des Münzfernsprechers. Sie hatte sich nicht überrumpeln lassen, aber ich mußte es darauf ankommen lassen.

Dreißig Sekunden später läutete der Apparat auf. Ich steckte einen Finger seitlich in den Mund, hob meine Stimme um eine halbe Oktave und sagte: »Betrugsdezernat, Halpern.«

»Sergeant Zimmermann, bitte.«

»Einen Augenblick.« Ich zählte bis zehn und meldete mich. »Zimmermann.«

»Hier spricht Miß Ganz«, sagte sie schnell. »Sie hatten mich angerufen. Die Verbindung, die ich herstellte, galt einem Mr. D. C. Ives in Santa Rosita, 805-765-4434. Diese Nummer ist erloschen. Dann rief er einen Mr. Mendez in Santa Rosita, 805-384-7942 an. Das Gespräch dauerte knapp drei Minuten. Genügt Ihnen das, Sergeant?«

»Vielen Dank für Ihre Hilfe, Miß Ganz. Niemand wird erfahren, von wem wir diese Auskunft haben. Vielleicht müssen wir Sie später noch einmal um Ihre Mitarbeit bitten.«

»Herzlich gern«, sagte sie.

Ein nettes, tüchtiges und vorsichtiges Mädchen. Es war ihr gutes Recht, sich zu vergewissern, daß sie wirklich mit den Cops sprach.

Dana kam kurz nach sechs zum Hotel zurück. Sie sah blaß und nervös aus. Ihr Lächeln kam und ging zu schnell. Sie hatte mich angerufen, sobald sie in ihrem Zimmer war, und ich machte mich auf den Weg zu ihr. Eine Frau in dieser Stimmung sollte man in den Arm nehmen, trösten und streicheln. Aber wir standen noch nicht so, daß ich das riskieren konnte.

Ich gab ihr Feuer und sah, daß ihre Hand zitterte. Sie wanderte im Raum auf und ab und sagte: »Ich bin zur echten Trinkgenossin von Mrs. T. Madison Devlaney III geworden. Ich nenne sie Squeakie, wie es praktisch jeder tut. Ich habe ihre Drinks in die Blumentöpfe gegossen, bis sie das Bewußtsein verlor. Sie ist neunundzwanzig, zwei Jahre jünger als Vance M'Gruder. Sie kennt ihn, solange sie lebt. Sie hat eine dünne kleine Stimme, zehntausend Sommersprossen, zehn Millionen Dollar und Muskeln wie ein Zirkusmädchen. Sie schwimmt jeden Morgen, spielt jenen Nachmittag Tennis und ist jeden Abend blau wie ein Veilchen. Heute mußte das Tennisspiel ausfallen. Bluterguß am Knöchel.«

»Welche Story hat sie Ihnen abgenommen?«

»Trav, seien Sie nicht böse, aber ich wäre nie an sie herangekommen, wenn ich nicht von der besten Verbindung Gebrauch gemacht hätte. Lysa Dean. Das öffnet viele Türen. Ich habe ihre Visitenkarten.«

»Ich habe nie gesagt, Sie dürften das nicht tun. Ich habe Sie lediglich gebeten, davon nur Gebrauch zu machen, wenn es unbedingt notwendig ist.«

»Es war notwendig. Ich erzählte ihr, daß Lysa Vance kennengelernt hätte. Ich erzählte ihr, daß Lysa dabei ist, eine eigene kleine Filmgesellschaft zu gründen und ihren ersten Film im Milieu der Ozeanregatten spielen lassen wollte. Sie hätte mich gebeten, herumzufragen, welche Hilfe ich von den Leuten zu erwarten hätte, die die großen Boote besitzen. Das ist natürlich Unsinn, aber die Menschen wissen so wenig über die Filmindustrie, daß sie jeden Blödsinn glauben.«

»Sie hat es Ihnen also abgenommen. Das ist die Hauptsache. Was haben Sie über M'Gruder erfahren?«

»Eine ganze Menge. Er ist ein Sportnarr, der auf jede Weise versucht, sich fit zu halten. Bei den Hochseeregatten gilt er als ernstzunehmender Konkurrent. Er soll fantastisch geizig sein und wird streitsüchtig und gewalttätig, wenn er betrunken ist. Nach Meinung seiner Freunde war seine Ehe mit Patricia Gedley-Davies ein grotesker Fehler. Sie wiederholte das wenigstens fünfzigmal. Ein grotesker Fehler. Squeakie und ihre Freundinnen sind überzeugt, daß Patricia ein Londoner Callgirl war. Ich möchte nicht sagen, daß Vance sich großer Wertschätzung erfreut, aber sie sind froh, daß die Ehe in die Brüche ging. Ein Glück, daß keine Kinder da waren.« Sie zog ihr Notizbuch zu Rate. »Die neue Mrs. M'Gruder soll entzückend sein. Sie heißt Ulka Atlund. Einen Tag vor der Hochzeit wurde sie achtzehn. Ihre Mutter ist tot. Ihr Vater brachte sie vor zwei Jahren herüber. Er dozierte ein Jahr an der Universität von San Francisco und blieb dann noch ein zweites Jahr. Er war mit der Ehe nicht einverstanden. Er gab seine Einwilligung nur unter der Bedingung, daß Ulka nach der Hochzeitsreise ihre Studien fortsetzt. Die Hochzeitsreise ist auf sechs Monate veranschlagt. Zwei Monate sind herum. Squeakie glaubt gehört zu haben, daß Vance beabsichtigt, das Boot durch niemand anderen zurückbringen zu lassen. Sie glaubt, daß Vance die letzten beiden Monate in seinem Haus auf Hawaii verbringen will. Dann will er hierher zurückkehren, damit Ulka ihre Studien fortsetzen kann.«

»Und die Annullierung der Ehe?«

»Hier wird die Geschichte schmutzig, Trav.«

Es machte mich nervös, sie auf und ab gehen zu sehen. Ich griff nach ihren Handgelenken und zwang sie mit sanfter Gewalt, sich zu setzen.

»Ich möchte Ihnen etwas sagen, Miß Holtzer. Diese ganze Geschichte ist schmutzig. Glauben Sie nicht, daß Miß Deans Zauber mich bewogen hat, den Fall anzunehmen. Sie hat es *Ihnen* zu verdanken, daß ich mich bereit erklärte.«

»Was? Was war das?«

»Wenn sie jemand anderen geschickt hätte, wäre die Antwort ein glattes Nein gewesen. Sie sahen so treu und unnachgiebig und ernst aus. In Ihrer Gegenwart fühlte ich mich wie ein ungewaschener Opportunist. Ich reagiere gefühlsmäßig auf Menschen, Dana, auch wenn ich es tausendmal leugne. Ich wollte Ihnen beweisen, daß ich in meinem Beruf etwas tauge.«

»Aber das ist lächerlich!«

Ich trat zurück und setzte mich auf ihr Bett. »Natürlich ist es das. Und nun weiter. Wie schmutzig wird die Geschichte?«

Sie zuckte die Achseln. »Squeakie weiß nichts Genaues. Nur Gerüchte aus zweiter und dritter Hand. Aber Nancy Abbott spielt eine Rolle darin. Nach der Meinung Squeakies und ihres Freundeskreises war Nancy Gast Patty M'Gruders, wurde aber praktisch wie eine Gefangene gehalten, weil Patty sich... in Nancy verliebt hatte. Man nimmt an, daß Vance damit einverstanden war, weil er so den Beweis bekam, daß Patty ihre wahren Neigungen verborgen und den Ehevertrag unter falschen Voraussetzungen geschlossen hatte. Vance benutzte Nancy – Squeakie sprach von ihr nur als dem ›armen, kranken Kind‹ – nur, um Beweismaterial in die Hand zu bekommen. Hatte er das geschafft, so gab es für Patty keine Chance mehr, gegen seinen Antrag auf Annullierung der Ehe anzugehen. Die ganze Sache ging ohne großen Lärm über die Bühne.«

»Das würde erklären, was Nancy mir nachrief. Daß ich Patty fragen sollte, warum sie sie eingesperrt hielt.«

»Wahrscheinlich. Patty ging jedenfalls. Squeakie nannte es Davonschleichen. Jemand sah sie vor einigen Wochen in Las Vegas. Nicht in einem der großen Lokale auf dem Strip. In einem kleinen Laden, der sich die ›Vier Dreien‹ nennt. Arbeitet dort wahrscheinlich für ihren Lebensunterhalt. Braucht nicht zu fürchten, daß ihr alte Freunde begegnen. Jedenfalls wußte Mrs. T. Madison Devlaney offensichtlich nichts von irgendwelchen Aufnahmen, sonst hätte sie davon gesprochen. Ich hatte überhaupt Glück, sie anzutreffen. Sie und ihr Mann und ein anderes Ehepaar fliegen diese Woche nach Hawaii. Ihr ganzer Bekanntenkreis scheint sehr von Hawaii eingenommen zu sein. Die Devlaneys haben dort ein Boot liegen.«

»Gut gemacht, Dana.«

»Danke. Sie haben ein schönes Haus. Und sie war schrecklich betrunken. Und wie steht es bei Ihnen? Haben Sie etwas erfahren?«

»Ich weiß es noch nicht. Ich bin einem Mann auf der Spur, der die Aufnahmen gemacht haben könnte. Aber er wohnte dreihundert Meilen von hier. M'Gruder könnte die Aufnahmen in Auftrag gegeben haben. Ich denke, davon können wir, wie die Dinge jetzt stehen, ausgehen. Aber ich kann nicht beweisen, daß eine Verbindung zwischen M'Gruder und dem Fotografen bestand. Etwas läßt es mir ziemlich sicher erscheinen, daß es sich um den richtigen Mann handelt. Er ist tot.«

»Wie bitte?«

»Nehmen wir an, daß er einen Satz Abzüge zur Erinnerung oder zu seinem Privatvergnügen behielt. Er starb. Die Unterlagen gerieten in die Hand eines Mannes, der...«

»Natürlich.«

»Möglicherweise war sein Name D. C. Ives. Möglicherweise lebte er in Santa Rosita. Wenn wir feststellen können, daß er einen vulgären Limeydialekt sprach, wird er noch verdächtiger.«

»Dann tun wir das also als Nächstes?«

»Mit einer Unterbrechung, nehme ich an.«

9

An einem hellen, klaren und kalten Dienstagmorgen erklomm ich den rückwärtigen Hang eines Berges. Die Brandung rauschte und gab sich alle Mühe, den Felsen auszuwaschen. Ich reckte den Arm, griff nach dem dünnen Stamm eines windzerzausten Bäumchens und zog mich empor, so daß ich über die Höhe blicken konnte. In meiner Überraschung hätte ich mich fast blitzschnell geduckt. Ich hatte nicht vermutet, daß die Sonnenterrasse des Chipmanhauses so nahe lag. Ich blickte in einem Winkel von etwa 30 Grad hinab. Die Ironie des Schicksals wollte es, daß sich eine völlig unbekleidete weibliche Gestalt auf der Terrasse sonnte. Sie lag auf einer verblichenen Luftmatratze und hatte einen blitzenden Metallschirm aufgestellt, um die Wirkung der Sonnenstrahlen zu verstärken. Sie war wie eine Walküre gebaut, mit kaffeebrauner Haut, Schenkeln wie Biertonnen und Schultern wie Sonny Liston. Ich nahm an, daß sie Mrs. Chipman war, die liebe Freundin, die Carl das Haus für sein Liebesabenteuer zur Verfügung gestellt hatte. Es berührte mich seltsam, die Terrasse zum erstenmal in ihrer ganzen Farbenpracht zu sehen, nachdem sie mir nur aus Schwarzweißaufnahmen bekannt war. Das Gesicht der Frau war in meine Richtung gewandt. Sie trug eine Sonnenbrille. Auf dem Zement stand ein zur Hälfte gefülltes Glas, das Tomatensaft enthalten mochte.

Es gab keinen andern Ort, von dem aus Vorgänge auf der Terrasse beobachtet werden konnten. Die Frau hatte allen Grund, sich ungestört zu glauben. Ich zog mich zurück, bis ich außer Sicht war, wandte mich um und blickte hinab. Ich konnte das Heck unseres kleinen grauen Avis-Wagens sehen. Dann sah ich mich um. Natürlich war es unsinnig, nach so langer Zeit Umschau zu halten, aber ich fand trotzdem etwas. Es steckte in einer Gesteinsspalte, ein kleines, zusammengedrücktes Stück Pappe, das einmal gelb gewesen sein mochte, nun aber vom Regen verwaschen war. Die Aufschrift wirkte wie eine Geisterschrift, ließ sich aber noch klar erkennen. Kodak – Plus X Pan.

Ich nahm meinen Fund mit hinunter und gab ihn Dana, als ich mich ans Steuer setzte. Sie musterte ihn stirnrunzelnd, dann sah sie, um was es sich handelte. Sie blickte mich mit einem seltsamen Ausdruck an. »Soll die Geschichte realistischer werden? Mein Gott, realistischer als durch die Aufnahmen kann sie doch nicht werden.«

Ich trat das Gaspedal durch und fuhr schnell nach Süden. Dana schwieg. Sie schien sehr nachdenklich zu sein.

Santa Rosita erwies sich als eine verkümmerte Version des in Santa Barbara gepflegten Lebensstiles. Die unvermeidlichen langweiligen Reihenhäuser hatten von den Hügeln Besitz ergriffen, überall sah man die gleichen Kombiwagen, die gleichen Kinder, die gleichen Roste im Freien, gleichen Geschmack hinsichtlich der Blumen und Fernsehgeräte.

Wir fuhren um vier Uhr nachmittags von Norden in die Stadt, und ich besorgte zwei Einzelzimmer in einem langweiligen Motel. Dana wollte Miß Dean anrufen, ich wollte wissen, wer sich hinter der Nummer von Mendez verbarg. Nach kurzer Überlegung entschloß ich mich, den Anruf nicht über die Vermittlung des Motels gehen zu lassen. Vorsicht kann zur Gewohnheit werden. Lasse, wenn du eine andere Möglichkeit hast, nie etwas zurück, was mit dir in Verbindung gebracht werden kann.

Ein Mädchen mit klarer Stimme meldete sich: »Gallagher, Rosen Mendez. Guten Tag.«

»Kann ich bitte Mr. Mendez sprechen?«

»Einen Augenblick, Sir.«

»Guten Tag. Hier spricht Mr. Mendez' Sekretärin. Kann ich Ihnen helfen?«

»Ich möchte bitte mit Mr. Mendez sprechen.«

»Er spricht auf einem andern Apparat. Soll ich zurückrufen, oder wollen Sie warten?«

Ich wartete und blätterte mit der freien Hand im Telefonbuch. Es handelte sich um eine Anwaltsfirma.

»Ja? Hallo?« meldete sich Mendez ungeduldig.

»Tut mir leid, Sie stören zu müssen. Wir brauchen die Adresse der nächsten Angehörigen von D. C. Ives.«

»Wer ist wir?«

»Keller-Foto, Sir. Wir hatten ein teures Objektiv zur Reparatur. Es fiel unter die Garantie und mußte an das Herstellerwerk in Deutschland geschickt werden. Daher die Verzögerung. Jetzt wissen wir nicht...«

»Miß Trotter? Geben Sie dem Mann Jocelyn Ives' Adresse.«

Ich hörte, wie er auflegte. »Hallo?« meldete sich Miß Trotter. »Notieren Sie bitte. Miß Jocelyn Ives, 2829 Appleton Way. Telefon 765-3192. Haben Sie?«

»Ja, danke. Wann starb Ives eigentlich?«

»Einige Tage vor Weihnachten. Es ist ein Wunder, daß er so lange durchhielt. Mit dieser schrecklichen Schädelverletzung. Ein Jammer. Er war so talentiert.«

»Danach richtet sich das Leben leider nicht.«

»Ich hoffe, sie finden die Täter eines Tages.«

»Ja, das hoffe ich auch. Vielen Dank, Miß Trotter.«

Ich verließ die Telefonzelle, besann mich und kehrte wieder um. Ich wählte die Nummer, die das Mädchen mir gegeben hatte. Ich hörte es dreimal aufläuten. Eine Frauenstimme meldete sich.

»Ist Georgie zu Hause?« fragte ich.

»Ich nehme an, Sie haben falsch gewählt«, sagte sie. Ich bedankte mich und legte auf. Nachdenklich kehrte ich in mein Zimmer zurück. Ich kannte den Dialekt. Er hörte sich wie Cockney-Englisch an, stammt aber aus Australien.

Dana hatte gerade ihr Gespräch mit Lysa Dean beendet. Die Vorarbeiten für die Uraufführung verliefen erfolgversprechend. Als nächstes stand New York auf dem Programm, dann waren vier oder fünf Tage für Chikago vorgesehen.

Ich berichtete, was ich in Erfahrung gebracht hatte und fügte meine eigenen Vermutungen hinzu. Dana sah eher verwirrt als erschrocken aus. »Ermordet?«

»Es scheint so.«

»Seine Arbeit war nicht ungefährlich.«

»Wir werden am schnellsten klarsehen, wenn wir dieser Schwester einen Besuch abstatten.«

»Kann ich Sie begleiten?«

»Ich könnte eine Panne erleben. Lassen Sie es mich zuerst allein versuchen. Dann können Sie in Erscheinung treten.«

Appleton Way lag am äußersten Stadtrand. Ganze Häuserblocks ringsum wurden dem Erdboden gleichgemacht, um Platz für neue Bauten zu schaffen. Aber über der Straße lag noch die Illusion des Friedens. 2829 gehörte zu einem der größeren Komplexe, mit einem Eingang von der Seite. Eine dunkel gestrichene Tür öffnete sich auf mein Klingeln und gab den Blick auf das Halbdunkel einer kleinen Wohnung mit zu wenig Fenstern frei. Jocelyn musterte mich durch den handbreiten Spalt der Sperrkette, und ich erkannte, daß sie eher Tochter als Schwester sein mußte.

»Was wünschen Sie?«

Ich sah, daß sie ein großes blasses Mädchen war, eine alte Jungfer von zwanzig Jahren. So etwas gibt es. Eine leicht verfettete Figur in einem unkleidsamen Pullover. Das Gesicht eines Kindes. Rote Nase und gerötete Augen. Bleiche, etwas dicke Lippen.

»Zuerst möchte ich sichergehen, daß Sie wirklich Jocelyn Ives sind. Haben Sie etwas, womit Sie sich ausweisen können?« Ich sprach mit leiser, vertraulicher Stimme.

»Warum sollte ich?«

»Sie haben den gleichen Akzent.«

»Wer sind Sie? Was wollen Sie?«

»Wir arbeiteten vor langer Zeit an der gleichen Angelegenheit. Ich kam her, um erneut Verbindung aufzunehmen und hörte, daß er tot sei.«

Sie nagte an ihrer Lippe und bedachte mich dann zu meiner Überraschung mit einem Verschwörerlächeln. Sie schloß die Tür, nahm die Kette ab und stieß die Tür weit auf. »Bitte kommen Sie herein«, sagte sie warm. Als sie die Tür hinter uns geschlossen hatte, fügte sie hinzu: »Ich verstehe, daß Sie mir nicht Ihren Namen sagen können.«

»Das freut mich.«

»Dort hinein bitte. Sehen Sie sich nicht um. Es ist noch nicht aufgeräumt. Ich habe meinen freien Tag.« Ich folgte ihr über einen schmalen Gang in einen kleinen Wohnraum. Die Möbel, mit denen er überladen war, waren zu groß und zu teuer für die kleine Wohnung. Überall standen und lagen große Fotos, die Wände waren voll davon. Hastig befreite das Mädchen zwei Stühle von ihrer Last. »Setzen Sie sich. Ich bin gerade mit dem Aussortieren beschäftigt. Eine örtliche Amateurgruppe will eine Ausstellung seiner besten Arbeiten aufziehen. In der Stadtbücherei. Es sind so viele Aufnahmen da. Ich bin völlig durcheinander.«

»Kein Wunder. Die Arbeiten scheinen ausgezeichnet zu sein.«

»O ja. Ich bin nun verantwortlich dafür, daß alle sehen, ein wie guter Fotograf Vater war. Wir werden auch eine Wanderschau arrangieren. In Rochester besteht ebenfalls Interesse.«

»Natürlich.«

Sie setzte sich mir gegenüber und verschränkte die Hände. »Ich habe nie die Hoffnung aufgegeben, daß sich jemand melden würde. Es ist so schrecklich schwer für mich gewesen.«

»Ich verstehe Sie.«

»Mr. Mendez hatte sein Bestes getan, um mit dem Finanzamt klarzukommen, aber dadurch, daß ein großer Barbetrag auftauchte, haben sich die Dinge kompliziert. Natürlich konnte ich nicht erklären, woher das Geld kam. Jedenfalls ihm nicht. Jetzt liegt das Geld fest, Gerichte und das Finanzamt haben sich eingeschaltet. Ich denke, daß ich es irgendwann einmal bekommen werde. Auf alle Fälle kann ich das Haus verkaufen. Ich hatte immer gehofft, daß sich jemand um mich kümmern würde, und Sie sehen genauso aus, wie ich mir den Mann vorgestellt hatte.«

»Was kann ich für Sie tun?«

»Ich habe den Mund gehalten, wie Vater es gewünscht hatte. Er hat mich gelehrt, sehr vorsichtig und verschwiegen über seine Verbindungen zu sein und ihm keine unnötigen Fragen zu stellen. Könnten Sie nicht zu Mr. Mendez gehen, um ihn darüber aufzuklären, welche Tätigkeit mein Vater für Sie ausübte? Vielleicht würde das die Freigabe des Erbes beschleunigen.«

»Es tut mir leid, aber ich bin zu solchen Schritten nicht befugt.«

»Das habe ich gefürchtet«, sagte sie. »Und die lächerliche Polizei soll weiterhin denken, jemand hätte es auf den Inhalt seiner Taschen abgesehen?«

Ich nickte. »Ich sehe keinen andern Weg.«

Sie musterte mich. »Woher weiß ich eigentlich, daß Sie der Mann sind, für den ich Sie halte?«

»In diesem Geschäft gibt es keine Ausweispapiere.«

»Wahrscheinlich nicht. Und wenn, dann wären sie ohnehin falsch.« Sie sah aus, als fühlte sie sich unbehaglich. »Wie kommt es, daß Sie nichts von seinem Tod wußten?«

»Wir haben lange nicht miteinander in Verbindung gestanden.«

Ich hatte längst die Zusammenhänge durchschaut. Sie war seine geliebte Tochter gewesen. Der Erpresser brauchte eine Tarnbeschäftigung. Vielleicht war *sie* zuerst auf die Vermutung gekommen, daß ihr Vater eine patriotische Geheimtätigkeit ausübte, und als sie ihn danach fragte, hatte er natürlich mit beiden Händen zugegriffen und sich ihre Erklärung zu eigen gemacht.

Und der ›Gegner‹ hatte natürlich auch ihren Vater umgebracht.

Ich mußte den richtigen Weg finden, damit sie aus sich herausging. Ich beugte mich vor und sagte: »Jocelyn, ich glaube, Ihnen versprechen zu können, daß der Tag kommen wird, an dem die ganze Geschichte erzählt werden kann.«

Tränen liefen ihr über die pausbäckigen Wangen, und sie begann haltlos zu schluchzen.

10

Mir gefiel die Art, wie Dana zuhörte. Sie hatte nicht die Angewohnheit, Pausen mit leeren Worten zu füllen. Sie wußte, daß ich mehr zu erzählen hatte. Ich konnte sie nur undeutlich sehen. Sie saß im Dunkeln an den Motelfenstern. Die kleine Lampe brannte an meinem Ellbogen, ihr Licht spiegelte sich in dem silbernen Becher.

»Ives liebte das gute Leben«, sagte ich. »Er arbeitete in Melbourne als freier Fotograf. Mode, Nachrichten, Familienereignisse und dergleichen. Eine Filmgesellschaft aus Hollywood drehte drüben einen Film. Er bekam die Erlaubnis, während der Aufnahmen zu arbeiten. Seine Fotos müssen verdammt gut gewesen sein. Er hatte bei den Stars einen Stein im Brett. Die Gesellschaft brachte ihn in die Staaten mit. Das war vor acht Jahren. Jocelyn war zwölf. Er arbeitete vier Jahre für die Gesellschaft, alles lief wie am Schnürchen. Er verdiente genug, um großzügig leben zu können. Dann muß etwas schiefgegangen sein. Ich nehme an, er kam auf eine der kleinen schwarzen Listen, die sie in der Industrie haben. Ich glaube nicht, daß es wichtig ist, den Grund zu erfahren. Das Mädchen meint, es sei Eifersucht gewesen. Seine Arbeit war zu gut. Er verlegte seinen Wohnsitz nach Santa Rosita, machte sein Atelier im Hause auf. Hochzeiten, Partys, festliche Anlässe – eine großartige Tarnung. Sie meint, er müsse noch ein anderes Atelier in der Stadt gehabt haben. Sie ist so stolz auf ihn. Stolz auf diesen zynischen Kerl mit seinen Sportwagen, dem großen Haus und einer Haushälterin.«

Ich stand auf, nahm die beiden Silberbecher und mixte uns einen neuen Drink.

»Sie zeigte mir die Zeitungsausschnitte. Er ging auf eine Reise. Sie weiß nicht wohin. Er blieb zwei Tage fort. Dann kam er zurück. Er ging noch einmal aus dem Haus, mit der Bemerkung, daß er in einer Stunde zurück sein würde. Das war um zehn Uhr abends am 5. Dezember vergangenen Jahres. Sie fanden seinen Wagen abgeschlossen in der Verano Street. Er selbst lag dreißig Meter entfernt. Sie hatten ihn hinter einen Lagerschuppen gezerrt. Sein Schädel war eingeschlagen. Sie hatten seine Taschen geleert und die Uhr mitgenommen. Man rechnete damit, daß er bei der Ankunft im Krankenhaus tot sein würde, aber sein Herz schlug noch fünf Tage lang. Soweit das Mädchen weiß, tappt die Polizei noch heute im dunkeln. Jeder Anhaltspunkt fehlt. Niemand weiß, was er in dieser Gegend zu tun hatte. Meistens kleine Gewerbebetriebe, die zu dieser Zeit leer und verschlossen sind.«

Nach langer Stille fragte Dana: »Hinterließ er ihr etwas?«

»Eine kleine Versicherung. Die Rechte an dem Haus. Etwa 38000 Dollar in bar, inzwischen beschlagnahmt, bis das Finanzamt seine Einkommenssteuererklärungen überprüft hat. Dazu eine Menge Kameras, die Ausrüstungen von Atelier und Dunkelkammer, ganze Berge künstlerisch wertvoller Aufnahmen.«

Sie fragte mich, ob ich sicher sei, daß Ives unser Mann wäre. Damit hatte ich bis zuletzt gewartet. Ich erzählte ihr, daß ich es aus dem Mädchen herausgeholt hätte. »Seine liebende Tochter war diejenige, die ihm bei seinen nächtlichen Exkursionen half. Sie betätigte das grüne Licht, das Signal für sie, das Päckchen mit dem Geld hinauszuwerfen.«

Dana schüttelte langsam den Kopf. »Und ich vermutete finstere Gestalten draußen. Dabei war es nur ein armes, naives Mädchen, das seinem Vater beim ›Spionagegeschäft‹ half. Was für ein Schuft muß er gewesen sein, die Kleine so in Gefahr zu bringen.«

Und ich dachte daran, wie leicht es für Lysa Dean gewesen sein mußte, die Geschichte zu unterbinden, solange sie noch im Entstehen war. »Ives konnte seiner Tochter vertrauen«, erklärte ich. »Und er brauchte nicht mit ihr zu teilen. Sie wußte nicht einmal, was sich in den Päckchen befand. Er setzte sie, mit kleinen Abänderungen, auch bei andern Unternehmen ein.«

»Ein treuer kleiner Helfer«, sagte Dana. »Wie ich.«

»Gehen wir essen.«

An der Tür griff sie nach meinem Arm und sagte: »Trav, ich hoffe, Sie haben keine Andeutung gemacht, daß nicht alles so ist, wie sie denkt.«

»Als ich ging, sagte ich ihr, sie könne stolz auf ihren Daddy sein. Sie versuchte zu lächeln, während die Tränen über ihr fettes Kinn herunterliefen.«

Dana drückte meinen Arm. Ihre Augen waren groß, und die Lichter ließen sie hell glänzen. »Weich wie Butter«, sagte sie.

»Der Arm?«

»Idiot, Ihr dummer Arm ist wie eine Holzkeule. Ich wollte sagen, wie froh ich bin, daß Sie ihr soviel gelassen haben.«

»Ich frage mich nur, wann sie die Wahrheit erfahren wird.«

»Was meinen Sie?«

»Jemand hat ihn umgebracht. Wenn sie den Täter finden, können sie leicht hinter das wahre Motiv kommen. Ich glaube, ich müßte mal mit einem Cop sprechen.«

»Warum, Dear?« fragte sie ernst.

»Dear?«

»Ach, seien Sie ruhig. Es war nur – eine Redensart.«

»Und heute schon zum zweiten Male.«

»Warum müssen Sie mit einem Cop sprechen?«

»Weil sie wahrscheinlich ein bißchen mehr wissen, als Jocelyn annimmt. Wir sind dem Kern der Dinge nahe, Dana. In wessen Hände sind Ives' Belegabzüge geraten?«

Mein Mann war Sergeant Starr. Bill Starr. Er war ein kleiner Bursche von etwa vierzig Jahren, lustig und quicklebendig. Er bestand zu zwanzig Prozent aus Nase, und es sah aus, als wäre diese Nase aus jeder möglichen Richtung wenigstens einmal getroffen worden. Unter der Nase saß ein gewölbter Mund mit liebenswertem Lächeln. Starr machte den Eindruck eines restlos glücklichen Menschen, der kein Wässerchen trüben konnte. Man amüsierte sich über seine Nase und vergaß dabei die Augen. Sie waren klein, gelb wie die einer Katze und etwa so sanft und mild wie feurige Flammenschwerter.

In seinem kleinen grauen Dienstzimmer befand sich ein Regal, das mit allen möglichen Trophäen gefüllt war. Ein großer Silbercup war als Preis im Pistolenschießen errungen worden. Starr sprang auf und schob sich auf die Ecke der Schreibtischplatte. »Warum sollte ich mich mit Ihren vagen Angaben begnügen?« sagte er strahlend. »Lassen Sie die Katze aus dem Sack. In wessen Auftrag handeln Sie? Wenn Sie nicht mit der Sprache herauswollen, kann ich Sie bis zur nächsten Steinzeit in eine Zelle stecken.«

Ich lachte so strahlend wie er selbst und sagte: »Dieser Freund, dem ich gefällig bin, würde sehr ungehalten sein. Natürlich kann er hier seinen Einfluß nicht ausüben. Höchstens die Anwälte kaufen, die man überall kaufen kann. Kompanien von Anwälten. Ich bin nicht vorbestraft, Sergeant, aber nachlässige Cops haben mich hier und da vorübergehend eingelocht. Cops vom alten Schlag haben mir Dinge auf den Kopf verpaßt. Wenn Sie mich also in eine Zelle stecken, bringt das nur Unannehmlichkeiten für uns beide. Ich brenne darauf, es Ihnen recht zu machen, sofern Sie darauf brennen, mir entgegenzukommen.«

Er schob die verschiedenen Ausweise und Lizenzen zusammen und gab sie mir zurück. »McGee, ich sehe alle Ausweise, den richtigen ausgenommen.«

»Braucht man Ausweise, um einem Freund einen Gefallen zu erweisen?«

»Ich sage es Ihnen noch einmal. Wenn Sie in offizieller Eigenschaft hier stehen, haben Sie vielleicht eine Möglichkeit, Ihren Klienten zu schützen. Aber Sie haben nichts. Sie *müssen* mir sagen, von wem Sie engagiert sind.«

»Ich habe Ihnen gesagt, Sergeant, daß wir darauf vielleicht zu sprechen kommen, wenn alles glatt läuft. Im übrigen bin ich nicht engagiert worden. Es handelt sich lediglich...«

»Gott, ja, ich weiß. Um einen Gefallen für einen Freund.« Er langte nach seinem Hut. »Trinken wir erst eine Tasse Kaffee.«

Er holte einen Wagen aus der Garage, und wir fuhren zehn Blocks weiter zu einem Drive-in. Die hübsche Kellnerin kannte ihn beim Namen und brachte uns Kaffee und Kuchen.

»Fangen wir also an«, sagte ich. »D. C. Ives. Manchmal muß

sich erst jemand ermorden lassen, damit gewisse Leute denken, es sei bei ihm nicht immer ganz sauber zugegangen.«

»Nicht immer ganz sauber! Großartig! Sehen wir die Sache einmal anders an. Das Gesetz schreibt nicht vor, daß jeder ein Bankkonto zu haben hat, aber fast jeder mit einem 50000-Dollar-Haus hat es. Eine Schätzung seines legalen Einkommens würde bei fünfzig oder sechzig die Woche liegen. Geschätzter Lebensunterhalt mehr als tausend im Monat. Also könnte er von einer dicken Sache, die lange zurückliegt, leben oder von vielen kleinen Sachen, die er laufend einnimmt.«

»Er nahm sie laufend mit.«

»Vielen Dank. Das hatte ich mir schon gedacht.«

»Auch über das Wie?«

»Jetzt sind Sie wieder dran, McGee.«

»Er hatte ein Atelier und die Dunkelkammer im Hause. Er muß aber noch ein zweites Atelier gehabt haben, meiner Schätzung nach nahe der Verano Street. Ein kleinerer Raum würde genügen. Ein erstklassiger Vergrößerungsapparat für 35-mm-Filme, die nötigen Geräte, um 18×24er-Abzüge herzustellen. Keine Massenproduktion, lediglich die Einrichtung, die einem vorgeschrittenen Amateur, einem Ein-Mann-Betrieb, genügt.«

»Welche Art Arbeiten?«

»Sind Sie jetzt nicht dran, Sergeant?«

»Okay. Er würde dort Arbeiten herstellen, die er seiner Tochter wegen zu Hause nicht herstellen kann. Wenn sie nicht in der Schule war, half sie ihm. Er reiste viel. Meist auf kurze Zeit. Aufträge nannte er es. Ich sage, daß es sich nicht um einen jener billigen Läden handelte, die gewisse Kreise mit Pornographie versorgen. Das zahlt sich bei einer solchen Einrichtung nicht aus. Was denken Sie, was war es, McGee?«

»Gut organisierte, fachgerechte Erpressung. Dazu vielleicht noch ein bißchen Industriespionage. Arbeit mit dem Teleobjektiv, die Küste hinauf und hinunter. Mit wirklich scharfen Aufnahmen konnte er eine Menge Geld herausschinden, wenn es sich um prominente Leute handelte.«

»Bis ihm der Schädel eingeschlagen wird, weil er einen Fehler macht.«

»Wahrscheinlich.«

»McGee, wenn es sich bei dem Gefallen für einen Freund darum handelt, gewisse Negative sicherzustellen, so vergessen Sie es.«

»Sind sie verschwunden?«

»Wenn er an Ort und Stelle umgebracht worden wäre, wären wir wahrscheinlich schneller gewesen. So verging einige Zeit, bis wir seinen zweiten Unterschlupf fanden. Eine Lagerhausecke mit eigenem Eingang. Seine Fingerabdrücke waren überall. Aber der Laden war ausgeräumt. Keine Negative, keine Abzüge. Der kleine Panzerschrank war aufgebrochen worden. Der Unbekannte muß einen Schlüssel zum Unterschlupf gehabt haben. An der Tür fanden sich keine Spuren gewaltsamen Eindringens. Es war ein gutes Schloß. Eine kleine Geldkassette war ebenfalls aufgebrochen und leer.«

»Womit halten Sie zurück, Starr?«

»Wer? Ich?«

»Also gut. Mein Freund ist ein krankes, todtrauriges Mädchen. Sie ist in Hope Island auf Bastion Key in Florida untergebracht. Ihr Name ist Nancy Abbott. Sie ist eine Trinkerin. Sie lebt seit Monaten in dieser Institution. Ihr reicher Architektenvater liegt im Sterben oder ist schon tot. Ives hat es fertiggebracht, vor eineinhalb Jahren ein paar häßliche Aufnahmen von ihr zu machen. Erfahre ich nun den Rest?«

»Ich kann Ihre Angaben nachprüfen. Den Rest? Okay, ich fand ohne jeden Zweifel heraus, daß der Einbruch in Ives' Unterschlupf erst am Tage *nach* seinem Tode ausgeführt wurde. Und in Ives' Tasche befand sich ein Schlüssel zu seinem kleinen Labor. Ives hatte einen Angestellten. Einen etwas zurückgebliebenen Burschen. Samuel Boden, 46 Jahre alt. Lebte seit Jahren von der Wohlfahrt. Hatte vor zwanzig Jahren Schwierigkeiten mit der Polizei. Viermal wegen Erregung öffentlichen Ärgernisses und ähnlicher Scherze zu je neunzig Tage verdonnert. Ives benutzte ihn als Mädchen für alles. Er mußte ihm sein Labor in Ordnung halten und bekam dafür einen Dollar pro Stunde. Als wir von seiner Existenz erfuhren, war er wie vom Erdboden verschwunden. Mag sein, daß er nur ein harmloser Bursche war. Ebensogut kann er aber auf den Geschmack gekommen sein und seinem Boß den Schädel eingeschlagen haben. Seine letzte Spur führte zu einem nach Los Angeles fahrenden Bus. Seitdem hängt sein Steckbrief aus. Mittelgroß, mittleres Gewicht, Brille, schlechte Zähne, grau werdendes braunes Haar, keine besonderen Kennzeichen. Keine Familie. Kein Hinweis in seinem möblierten Zimmer drei Block von der Verano Street. Da ist noch etwas, was ihn weniger interessant für mich macht. Zur fraglichen Zeit verließ ein Wagen mit hoher Geschwindigkeit den Tatort. Boden hat nie einen Wagen gehabt und besitzt auch keinen Führerschein.«

Ich konnte es nicht riskieren, mich intensiver für den Fall Boden zu interessieren. Der kleine Tiger mit den gelben Augen hätte es fertiggebracht, meine Angaben nachzuprüfen und wäre unweigerlich auf Lysa Deans Namen gestoßen.

»Wer war mit auf den Fotos des Abbottmädchens?« fragte Starr.

Ich war auf diese Frage vorbereitet. »Ein Rennfahrer namens Sonny Catton. Er verunglückte im vergangenen Jahr tödlich.«

»Wo wurden die Aufnahmen gemacht?«

»In der Gegend von Point Sur. In einem Privathaus, soviel ich weiß.«

»Vor eineinhalb Jahren, sagten Sie? Warum dann plötzlich die Eile, die Negative in die Hand zu bekommen?«

»Das Mädchen macht sich Sorgen, daß der Unbekannte die Aufnahmen benützen würde, um ihren sterbenden Vater zu erpressen.«

»Wie sind Sie auf diesen Ives gekommen?«

»Sergeant, das ist eine lange Geschichte. Lassen Sie mich noch eine Frage stellen. Angenommen, jemand hatte einen Auftrag für Ives. Er selbst war für ihn nicht zu erreichen. Also wandte er sich an Mendez von der Anwaltsfirma Gallagher, Rosen & Mendez und erfuhr von Mendez, daß Ives tot war. Hat das etwas zu bedeuten?«

»Das habe ich mich auch gefragt. Charlie Mendez ist in Ordnung. Kleine Dienste für erträgliche Honorare. Vielleicht hat er, ohne es zu wissen, als Postvermittlung gedient.«

»Zusammengefaßt, Sergeant?«

»Wer – ich? Okay. D. C. Ives war wendig und klug und vorsichtig. Eines Abends vergaß er seine Vorsicht, und eine der von ihm gemolkenen Kühe nutzte die Gelegenheit aus. Als Boden vom Tod seines Chefs hörte, benutzte er seinen eigenen Schlüssel, um in das kleine Labor zu gelangen. Er nahm die schmutzigen Aufnahmen und machte, daß er fortkam.«

»Damit bin ich auf dem Abstellgleis angelangt, Sergeant.«

»Sind Sie sicher?«

»Ich wollte nur einem Freund einen Gefallen erweisen.«

11

Wir brachen früh am Donnerstagmorgen auf und fuhren in die Stadt, zu Lysa Deans Haus, das von einer rosa Mauer umgeben war. Das Personal bestand nur noch aus einem koreanischen Paar, einem Mädchen und dem Gärtner. Als er Dana erkannte, grinste er breit und öffnete uns das große gußeiserne Tor. Es war ein heißer Tag.

Dana führte mich durch das Haus, das ein mexikanischer Architekt für Lysa gebaut hatte. Dicke Teppiche verschlangen das Geräusch unserer Schritte, die Wände waren mit Täfelungen aus alten Kirchen versehen. Der Wintergarten war einmalig. Der Swimming-pool war trockengelegt, die Hunde kläfften in ihrem Zwinger. Ich zählte fünf lebensgroße Porträts der Eigentümerin des Hauses, aber keines von ihren Exgatten.

Dana brauchte Kleidung zum Wechseln. Sie zeigte mir, wie sie untergebracht war. Ihr Reich bestand aus einem kleinen luxuriös eingerichteten Bad. Im Wohnraum stand ein Bild Danas. Sie war jünger und sah glücklich aus. Sie hielt das Baby im Arm. Ein junger Mann mit sympathischem Gesicht blickte, den Arm um ihre Schultern gelegt, auf sie und das Kind herab.

Sie sah meinen Blick und sagte: »Bitte warten Sie im Büro auf mich. Es dauert nur ein paar Minuten.«

Auf einem Regal im Büro entdeckte ich die Drehbücher der Filme, die Lysa Dean gemacht hatte. Ich nahm ›Die große Lüge‹ in die Hand und blätterte darin. Es schien mir unwahrscheinlich, daß jemand je diese Dialoge gesprochen hatte. Ich stellte das Drehbuch zurück und marschierte unruhig auf und ab. Es gab immer noch Punkte, über die ich mir nicht klar war, aber sie waren ohne Bedeutung für den Auftrag, den ich übernommen hatte. Das Geld, das Lysa Dean Ives gezahlt hatte, war verloren; ich konnte es nicht zurückholen.

Mit Sicherheit konnte ich annehmen, daß Boden nach dem Tod seines Chefs selbst ins Geschäft eingestiegen war. Seine

Nachricht an Lysa klang so, wie Starr ihn beschrieben hatte. Wahrscheinlich hatte er im Laufe der Zeit Ives allerhand von seinen technischen Fähigkeiten abgesehen. Wenn die Polizei seit drei Monaten erfolglos nach ihm suchte, konnte ich die Hoffnung begraben, ihn auf Anhieb zu finden.

Wir konnten nach Osten fliegen und mit Lysa in New York Verbindung aufnehmen, ihr einen Zwischenbericht geben. Wenn wir die Polizei einschalteten, würden wir alles Wissenswerte über Boden erfahren. Die Leute, die für Lysas Sicherheit verantwortlich waren, konnten alarmiert werden, Ausschau nach einem Mann zu halten, der Boden sein konnte. Blieb sie hartnäckig, so könnten wir ihm eine Falle stellen, indem wir uns Lysas als Köder bedienten. Mit Beharrlichkeit und ein wenig Glück hatte ich die Dinge soweit wie möglich vorangetrieben.

Was ich nicht wußte, ließ sich leicht vermuten. Boden war mit einem Batzen Geld und einem ganzen Stapel unangenehmer Fotos geflohen und hatte wahrscheinlich in Los Angeles Unterschlupf gefunden. Der Tag seiner Flucht stand fest – der 6. Dezember. Die Fotos in der Hand eines Menschen, der nicht mit normalem Maßstab zu messen war, konnten Dynamit bedeuten. Es war unwahrscheinlich, daß Boden auch eine Namensliste erbeutet hatte. Wenn er also jemanden erpressen wollte, so mußte er sich an die Personen halten, die er nach den Aufnahmen erkannte. Warum sollten nicht mehr Berühmtheiten wie Lysa Dean in dem Stapel enthalten gewesen sein? Ich versuchte, zeitlich zu rekonstruieren. Anfang Januar, einen Monat nach seiner Flucht aus Santa Rosita, war er in Las Vegas gewesen, um das Päckchen von Lysa Dean am Empfang des Hotels zu hinterlassen. Von ihrem Kommen hatte er sicher in der Zeitung gelesen. Dann folgten zwei Monate, ohne daß der Versuch gemacht wurde, Verbindung aufzunehmen. Hatte er in dieser Zeit versucht, sich anderen Berühmtheiten zu nähern, deren Gesichter er auf den Fotos erkannt hatte? Wartete er darauf, daß Lysa Dean sich wieder in Los Angeles zeigen würde?

Auf alle Fälle würde es für Lysa eine Beruhigung bedeuten,

zu wissen, in wessen Besitz sich die Aufnahmen befanden, seinen Namen und sein Aussehen zu kennen. Sie mußte entscheiden, wieviel ihr das wert war. Der Spesenvorschuß war auf einen lächerlich kleinen Betrag zusammengeschmolzen.

Ives' Ermordung ging mich nichts an. Die Liste der vermutlichen Täter konnte ellenlang sein. Es gefiel mir nicht, daß die Sache bei diesem Stand enden könnte. Auch Lysa Dean würde davon nicht begeistert sein.

Dana kam aus dem Wohnraum. Sie trug ein gutgeschnittenes grünes Kostüm und den vollgepackten Koffer. Mit gezwungener Munterkeit fragte sie: »Sind wir fertig?«

Ich nahm ihr den Koffer ab. Ihre Stimme bebte, als sie sagte: »Dieser Platz geht mir auf die Nerven. Früher war das nie der Fall. Ich weiß nicht, warum. Ich habe das Gefühl, die Dana Holtzer, die hier lebt, kaum zu kennen. Ich würde mich nicht wundern, wenn sie hereinkäme und mich fragte, was, zum Teufel, ich hier zu suchen habe.«

»Nehmen Sie sich vor ihr in acht. Sie ist ein eiskaltes Mädchen.«

Sie verharrte in der Tür. »Travis?«

»Ja, Honey.«

»Bitte nicht. Dinge, die spröde werden, zerbrechen leicht.«

»Ich mag Sie. Das ist alles.«

Sie nickte. »Aber wir haben zuviel gelacht. Verstehen Sie das?«

»Ich verstehe es. Dann werden Sie also heute abend wieder Ihre Rüstung anlegen.«

»Sie haben das Bild da drin gesehen. Hat es Ihnen etwas erklärt?«

»Ich hätte es aus dem Gedächtnis zeichnen können, bevor ich es sah. Sie brauchen mir nichts zu erklären. Zum Teufel damit. Gehen wir, sonst verpassen wir unser Flugzeug.« Ich hob ihr Kinn an und küßte ihren Mund an der Stelle, an der sich der vorstehende Eckzahn befand. Ein kleiner Kuß, wie unter Vettern. Sie lächelte, und eine Träne rollte. Dann marschierte sie hochaufgerichtet vor mir hinaus.

Wir hatten zwanzig Minuten bis zum Aufruf unseres Fluges.

Unser Gepäck wanderte an Bord. Ich kaufte eine Zeitung, überflog das Titelblatt. Ein Name sprang mir aus einer kleinen Meldung entgegen. Kasinoangestellte in Las Vegas ermordet. Patricia Davies, früher mit dem Sportler Vance M'Gruder verheiratet, auf den Stufen zu ihrem Wohnwagen erschlagen.

Wortlos gab ich Dana das Blatt und deutete auf die betreffende Stelle. Sie sah mich mit großen Augen an.

»Ich muß mich darum kümmern«, sagte ich. »Es könnte Sammy sein.«

»Aber... unser Gepäck ist...«

»Dana, Sie fliegen nach New York. Kümmern Sie sich drüben um mein Gepäck. Ich gehe dieser Sache nach und folge, sobald ich fertig bin.«

»Es wird von mir erwartet, daß ich bei Ihnen bleibe.«

Ich griff nach ihren Handgelenken und schüttelte sie sanft. »Sie müssen nach New York fliegen. Sie sind ein erwachsenes Mädchen. Ich brauche Ihnen nicht zu erzählen, wie die Dinge stehen. Ihr Boß erwartet Sie. Gehen Sie also.«

Sie murmelte etwas über die Rückgabe der Flugkarte, und ich gab sie ihr. Ich sah ihr nach, bis sie in der Menge untertauchte. Ich wartete und wartete. Ihr Flug wurde aufgerufen. Ich ging zu dem Zugang, durch den sie kommen mußte. Ich sah sie nicht. Ich ging zum Schalter der Fluggesellschaft. Ohne Eile blätterten sie die Flugliste durch. Sir, der Fluggast hat die Karte vor dem Aufruf zurückgegeben. Furcht und Unruhe packten mich. Es war, als sei jemand, der schnell und ohne Zaudern zu handeln verstand, aus dem Schatten aufgetaucht.

Ich durchstreifte die riesige Halle auf der Suche nach meinem Mädchen in Grün. Durch das Fenster entdeckte ich sie in einem Herrenartikelgeschäft. Ich ging hinein. Ein Angestellter beriet sie. Sie musterte mich mit einem überraschten und schuldbewußten Blick, dann riß sie sich zusammen und sagte: »Darling, ich habe deine Hemdengröße vergessen. Es ist sehr ärgerlich, wenn einem das Gepäck abhanden kommt. Sind diese hier recht? Sie sind bügelfrei. Aber welche Größe?«

»Vierzig«, sagte ich. »Für beides. Hemden und Socken.«

»Zwei Paar hiervon, bitte. Und drei Paar Socken. Nein, Sie

brauchen die Sachen nicht einzuwickeln, ich kann sie so nehmen.« Sie hob einen billigen blaßblauen Aluminiumkoffer auf den Tisch und öffnete ihn. Ich sah, daß sie auch für sich eingekauft hatte. Sie stopfte die Neuerwerbungen hinein und wartete auf das Wechselgeld.

»Wir können in etwa fünfundzwanzig Minuten fliegen«, sagte sie. Ich trug den Koffer in die Halle und setzte ihn in einem entlegenen Winkel ab.

»Haben Sie den Verstand verloren?«

Ihre eiskalten Finger umschlossen mein Handgelenk. »Es ist alles in Ordnung. Wirklich.«

»Aber...«

»Das Gepäck bekam ich nicht zurück. Es ist bereits an Bord. Drüben wissen sie Bescheid, was damit geschehen soll. Im übrigen bin ich seit langem erwachsen.«

Ich fuhr ihr mit der Fingerspitze über die Wange, zeichnete den Bogen ihrer Braue nach.

Sie schloß die Augen und begann zu zittern.

Während des Fluges schwiegen trotz ihrer Nähe alle Gefühle. Um so schärfer arbeitete mein Verstand. Wir hatten ganze Arbeit geleistet. Nacheinander hatten wir alle Verdächtigen ausgeschieden. Carl Abelle, Schrecken der Skilifte und Anfängerhügel. Sonny Catton, in donnerndem Krach und einer Flamme aus Hochoktan zur Unkenntlichkeit verbrannt. Nancy Abbott, auf kleinerer, aber nicht weniger tödlicher Flamme langsam verbrennend. Den Cornellboys Harvey und Richie nachzuspüren, hatte wenig Sinn. Sie würden Mühe haben, jemanden zu finden, der ihnen ihre Geschichte glaubte. Caswell Edgars fiel aus. Ives hatte einen gewaltsamen Tod gefunden. Ebenso Patty M'Gruder. Wenn der alte Abbott, Nancys Vater, Glück gehabt hatte, lebte er nicht mehr. Der Kreis der Verdächtigen hatte sich verengt. Jetzt kamen nur noch drei Personen in Betracht – ein Jachtnarr namens Vance M'Gruder, eine Kellnerin namens Whippy und ein geistig zurückgebliebener kleiner Mann namens Boden. Es war, als ginge man durch ein leeres Haus und prüfte, ob nichts in den Schränken zurückgeblieben war. Über allem schwebte die Ahnung von häßlicher Gewalttätigkeit, die sich dem Zugriff entzog. Ich spürte sie und ahnte, daß sie gegen Lysa, vielleicht auch gegen mich gerichtet war. Über zwei Dinge war ich mir klar. Meine Schränke wurden knapp. Und ich war froh, daß ich nicht an dieser Party teilgenommen hatte. Also hielt ich die Hand des Mädchens und versuchte mir selbst einzureden, daß es eine wunderbare Welt sei, in der wir lebten.

Da ich kein Gepäck in Empfang zu nehmen hatte, übernahm ich es, einen Leihwagen zu organisieren und entschied mich für ein Fahrzeug, das typisch für eine Spielerstadt war – eine große, metallisch grün glänzende, fast geräuschlos laufende Limousine mit Klimaanlage und weißledernen Sitzen. Von früheren Besuchen kannte ich ein ruhiges, nicht weit vom Strip gelegenes Motel mit dem Namen ›Apache‹. Dorthin fuhren wir. Ich ließ mir ein Doppelbettzimmer geben, drückte dem Portier einen Dollar in die Hand, nahm den Schlüssel und suchte mir selbst den Weg.

Es war ein großer, langer Raum in goldenen und grünen Tönen, mit zwei breiten Betten und einer Wand, die nur aus Fenstern bestand. Ich zog die schweren gelben Vorhänge zu. Das Flüstern der Klimaanlage verwandelte den Raum in eine Oase, tausend Jahre von gestern und zehntausend von morgen entfernt. Dana ging wie im Schlaf auf und ab. Jeder fünfte Atemzug, den sie machte, war sehr tief und endete mit einem glucksenden Laut, wie ein kleiner Schluckauf. Ich legte ihr die Hände auf die Hüften und blickte auf sie herab. Sie fühlte sich unnachgiebig an, und ich fragte mich, wie sich unser Zusammenleben gestalten würde. Dann seufzte sie leise, blickte zu mir auf und hob mir die Lippen entgegen.

Stunden später stand ich leise auf, um Dana nicht zu stören. Ich ging ins Bad, brauste und kleidete mich an. Ich schaltete die kleine abgeblendete Nachttischlampe ein, setzte mich auf ihren Bettrand und küßte sie zart hinter das Ohr. Sie wandte sich zu mir um, ihr Gesicht war sanft und jung.

»Du bist angezogen«, murmelte sie anklagend.

»Ich gehe eine Weile aus. Du schläfst weiter, Honey.«

Sie versuchte, die Stirn in Falten zu legen. »Sei vorsichtig, Darling.«

»Ich liebe dich«, sagte ich. Ich küßte ihren weichen lächelnden Mund. Sie war eingeschlafen, bevor ich aufstand. Ich ließ die kleine Lampe brennen und stahl mich hinaus.

In einem kleinen Restaurant in der Nähe trank ich zwei Gin, während mein Steak briet. Zum Kaffee holte ich mir die Ortszeitung, um nähere Einzelheiten über den Mord an Patty M'Gruder zu erfahren.

Der Wohnwagenparkplatz hieß Desert Gate. Ich mußte die ganze Stadt durchqueren, um ihn zu erreichen. Es war kurz nach zehn, als ich mein Ziel erreichte. Eine um Ordnung besorgte Seele hatte verfügt, daß alle Wohnwagen wie die Gräten eines Fisches zu beiden Seiten eines breiten Asphaltstreifens zu parken hätten, der in die Unendlichkeit zu führen schien. Den Eingang bildete ein hoher, kahler Aluminiumbogen mit einem roten Scheinwerfer.

Die Wohnwagen waren groß, ihrer Räder beraubt, viele der Eingänge waren überdacht. Etwa die Hälfte der Wagen lag im Dunkel. Patricia hatte in dem sechsten Wagen auf der linken Seite gelebt und vor seiner Tür den Tod gefunden. Hinter den Fenstern brannte Licht. Ich parkte und ging zur Tür. Als ich die Hand hob, um an den Aluminiumrahmen zu klopfen, wurde die Tür geöffnet, und eine dicke Frau erschien.

»Was wollen Sie?«

»Ich möchte Martha Whipper sprechen.«

»Wer sind Sie?«

»Mein Name ist McGee. Ich war ein Freund Pattys.«

»Hören Sie, warum verschwinden Sie nicht wieder? Das Kind hat einen harten Tag hinter sich. Sie ist erledigt. Okay?«

»Ist schon gut, Bobby«, sagte eine dünne Stimme. »Laß ihn herein.«

Als ich eintrat, sah ich, daß die dicke Frau jünger war, als ich angenommen hatte. Sie trug Blue jeans und ein blaues Arbeitshemd, dessen Ärmel aufgerollt waren und muskulöse Arme freigaben. Ihr Haar war braun und kurzgeschnitten. Sie trug kein Make-up. Der Wagen war innen sperrholzverkleidet, hatte stählerne Möbel und Plastikvorhänge. Ein schmächtiges Mädchen lag auf einer kissenübersäten Couch. Langes, kupferfarbenes Haar umrahmte ihr schmales Gesicht. Ihre Augen waren gerötet, der Lippenstift war verschmiert. Sie hatte einen Drink in der Hand. Obwohl sie schlanker geworden war, erkannte ich sie sofort.

»Whippy!« sagte ich und fühlte mich wie ein Narr, daß ich die Zusammenhänge nicht eher durchschaut hatte.

Sie war überrascht. Sie musterte mich mißbilligend. »Ich kenne Sie nicht. Ich erinnere mich nicht, Ihnen begegnet zu sein. Die Leute nennen mich jetzt Martha. Pat duldete es nicht, daß sie mich mit meinem alten Namen riefen.« Etwas Feierliches und Kindliches ging von ihr aus.

»Entschuldigen Sie. Ich werde Sie Martha nennen.«

»Wie heißen Sie?«

»Travis McGee.«

»Ich habe Ihren Namen nie von Pat gehört.«

»Ich kannte sie nicht sehr gut, Martha. Aber ich kenne ein paar andere Leute, die Sie auch kennen mögen. Vance. Cass. Carl. Nancy Abbott. Harvey. Richie. Sonny.«

Sie nippte an ihrem Drink und musterte mich über den Rand des Glases. »Sonny ist tot. Ich habe es gehört. Ich hörte, daß er sich das Genick brach, und es rührte mich nicht.«

»Nancy sah zu, als er verbrannte.«

Sie sah mich ungläubig an. »Wie konnte das geschehen?«

»Sie begleitete ihn auf seinen Reisen.«

Langsam schüttelte sie den Kopf, als begriffe sie nichts mehr. »Sie mit ihm auf Reisen? Oh, Boy. Wer könnte sich das vorstellen. Ich – ja, aber sie? Gee, es scheint unmöglich, glauben Sie mir.«

»Martha, ich möchte mit Ihnen allein sprechen.«

»Ich wette, daß Sie das möchten«, sagte das große Mädchen hinter mir.

»Mr. McGee, dies ist meine Freundin Bobby Blessing. Bobby, warum gehst du nicht eine Weile spazieren?«

Bobby musterte mich. »Ich gehe«, sagte sie, ohne ihren kalten Blick von mir zu nehmen. »Aber nicht weiter, als ich dich hören kann.« Mit wiegenden Schultern, die Blue jeans hochziehend, ging sie hinaus.

Ich näherte mich Martha und nahm auf einem Plastikstuhl Platz. Sie starrte in das halbgefüllte Glas und sagte: »Sie nannten die Leute, die damals dabei waren.«

»Und ließ jemand aus?«

»Diese Filmschauspielerin«, flüsterte sie.

»Haben Sie anderen erzählt, daß sie dabei war?«

»So etwas war mir zum erstenmal passiert. Ich hätte nie mit jemandem darüber sprechen können. Ich meine, mit Pat konnte ich mich zuweilen darüber unterhalten. Ich hatte Alpträume. Sie nahm mich damals von dort mit. Ich wußte... ich wußte die ganze Zeit, daß sie statt meiner lieber Nancy gesehen hätte.«

Sie blickte versonnen vor sich hin. Sie hatte ein billiges, leeres, hübsches Gesicht, mit dünn ausgezupften Brauen und einem Mund, den der Lippenstift größer machte.

»Haben Sie je die Aufnahmen gesehen?« fragte ich.

»Welche Aufnahmen?«

»Die Aufnahmen, die Vance machen ließ.«

»Den ganzen Tag haben sie mir Fragen gestellt. Fragen und wieder Fragen. Woher weiß ich, daß Sie nicht auch einer von diesen schlauen Burschen sind?«

»Ich kann das Gegenteil nicht beweisen.« Ich zögerte. Ich suchte nach dem richtigen Weg, ohne daß es zu einer Szene kam. Der freundliche, mitempfindende alte McGee schien mir das beste. Ich schüttelte traurig den Kopf. »Ich bin nur ein Mann, der glaubt, daß Patty von Vance M'Gruder sehr schlecht behandelt wurde. Sie hatte es besser verdient.«

Tränen begannen zu strömen. Sie schlug die Hände vor das Gesicht. »O Gott, o Gott, ja. Dieser widerliche Bastard!«

»Einige von uns haben nie verstanden, warum Patricia nicht härter für ihr Recht kämpfte.«

»Gee, Sie ahnen nicht, womit sie sich herumschlagen mußte. Dieser dreckige Vance hatte es seit langem geplant. Er ließ sich von der Londoner Polizei einen Bericht über ihren Lebenswandel vor der Heirat schicken. Vermutlich, um ihr zu zeigen, daß sie die Ehe nie hätte eingehen dürfen. Dann hatte er die Bandaufnahmen von dem, was zwischen ihr und Nancy im Haus vorging. Und zwischen ihr und mir. Dazu die Aufnahmen, die ein von ihm bezahlter Mann machte. Die ganze Sache muß ihn eine tüchtige Stange Geld gekostet haben. Aber, wie Pat sagte, es kam immer noch billiger als eine kalifornische Scheidung. Sie fand keinen Anwalt, der ihren Fall übernehmen wollte. Schließlich bestand kein Zweifel hinsichtlich ihrer Veranlagung.«

»Haben Sie die Aufnahmen gesehen, Martha?«

»Sicher. Komisch, sie wirkten, als könnte unmöglich jemand in der Nähe gewesen sein. Ich weiß nicht, wie der Mann es fertigbrachte, so nah heranzukommen. Pat mit mir und mit Nancy und mit Lysa Dean. Nur eine mit Lysa Dean, und man mußte sie schon kennen, um zu wissen, daß es Lysa war.«

»Zur Zeit, als Sie diese Bilder sahen, waren Sie also mit Pat zusammen?«

»Ja. Und wissen Sie, was der verdammte Kerl machte? Wir waren in die Stadt gefahren, um Freundinnen von Pat zu besuchen, und als wir nach Carmel zurückkamen, waren unsere ganzen Sachen in der Garage aufgestapelt. Vor dem Haus lungerte ein Mann herum, um zu vermeiden, daß jemand einbrach. Pat versuchte zu dem Zeitpunkt immer noch, über ihre Liebe zu Nancy hinwegzukommen, aber ich glaube, sie schaffte es nie. Ich habe wirklich versucht, sie glücklich zu machen, das können Sie mir glauben.«

»Warum hätte jemand sie umbringen wollen, Martha?«

Wieder begann sie zu schluchzen. »Ich weiß nicht. Ich weiß es wirklich nicht. Das haben sie mich immer wieder gefragt. Gee, wir lebten hier ruhig, über ein Jahr lang, und arbeiteten oft in der gleichen Schicht in den ›Vier Dreien‹. Ich als Kellnerin, sie an der Kasse. Wir hatten nur ein paar Freunde. Nicht daß sie Interesse an einem andern Mädchen gefunden hätte oder so. Nur eines gab mir zu denken.«

»Was meinen Sie?«

Sie hob die Brauen und schüttelte den Kopf. »Ich weiß nicht recht. Es begann Wochen zuvor. Wenn sie sonst an Vance dachte, wurde sie immer von einer schrecklichen Wut gepackt, und manchmal weinte sie. Vor ein paar Wochen bekam sie einen Brief von irgend jemand. Sie ließ ihn mich nicht lesen, und ich kann ihn nicht finden, also muß sie ihn vernichtet haben. Sie war tagelang wie geistesabwesend, und wenn ich sie fragte, schüttelte sie nur den Kopf. Eines Tages, als ich nicht hier war, führte sie einige Ferngespräche. Es wurde ein teurer Spaß. Vierzig Dollar und noch ein bißchen mehr. Später telefonierte sie dann noch einige Male. Danach schien sie sehr zufrieden. Sie lachte und trällerte vor sich hin, und als ich sie fragte, warum sie so glücklich sei, sagte sie, ich sollte mir nicht den Kopf darüber zerbrechen. Manchmal packte sie mich und schwenkte mich herum und sagte, alles würde gut werden, wir würden reiche Leute werden. Für mich bedeutete das nichts. Ich fühlte mich wohl hier, wir brauchten keine Reichtümer. Ich weiß nicht, ob das mit dem Mord etwas zu tun hat.«

»Wo waren Sie, als es geschah?«

»Ich hörte es. O, mein Gott! Ich lag im Bett und war im Halbschlaf. Ich machte mir Sorgen um sie. Ich hatte eine leichte Grippe und war nicht zum Dienst gegangen. Sie hatte um elf Dienstschluß und hätte um Viertel nach zu Hause sein müssen, aber es war Mitternacht durch, als ich den Wagen hörte. Ich wußte, daß es unser Wagen war. Er ist zwar klein, macht aber eine Menge Krach. Ich hatte eine Lampe für Pat brennen lassen. Sie brachte mir immer etwas mit, wenn ich krank war. Der Wagen hielt, und ich hörte die Wagentür. Dann schrie sie: ›Was soll das...?‹ Nur diese drei Worte. Dann erklang ein schrecklich krachender Laut, und jemand fiel zu Boden, während sich eilige Schritte entfernten. Ich knipste alle Lichter an, warf mir den Hausmantel um und lief hinaus. Sie lag dicht vor der Tür am Boden, ihr Kopf...«

Ich wartete mehrere Minuten, bis sie sich wieder gefaßt hatte. »Sie war immer so quicklebendig«, sagte Martha leise.

»Aber vor einigen Wochen hörte sie plötzlich auf, wütend auf Vance zu sein?«

»Ja. Ich wußte nicht, was ich davon halten sollte.«

»Hatte sie Gelegenheit, mit ihrem Mann zu sprechen, nachdem er sie abgeschoben hatte?«

»Öfter. Aber es brachte ihr nichts ein, obwohl sie immer wieder bat und flehte.« Sie schüttelte den Kopf. »Er ließ ihr nicht einmal ihren Wagen. Er sagte, sie könnte froh sein, die Kleider, die sie trug, behalten zu dürfen. Schließlich gab er ihr fünfhundert Dollar, um sie loszuwerden. Ich besaß fünfundsiebzig Dollar. Wir kamen mit dem Bus hierher und fanden Stellungen. Er war sehr häßlich zu ihr.«

»Martha, sagt Ihnen der Name Ives etwas? D. C. Ives?«

Sie musterte mich verwundert. »Nein.«

»Santa Rosita?«

»Santa Rosita? Komisch.«

»Was meinen Sie?«

»Vor wenigen Tagen sang sie dieses Lied. Santa Lucia. Aber sie sagte Rosita statt Lucia, und ich sagte, das sei falsch, und sie lachte und meinte, das wüßte sie. Warum fragen Sie danach? Ich verstehe es nicht.«

»Vielleicht hat es nichts zu bedeuten.« Ich überlegte, bevor ich die nächste Frage stellte. »Hatte sie irgendwelche Verabredungen?«

»Verabredungen? Richtig, das vergaß ich. Sie sagte neulich, es könnte sein, daß sie eine kurze Reise machen müsse. Allein. Nur einen oder zwei Tage. Es machte mich eifersüchtig. Sie neckte mich, so daß ich noch eifersüchtiger wurde. Dann sagte sie, ich sollte mir keine Sorgen machen, es handele sich um eine Art Geschäftsreise. Später würde sie mir alles erzählen.«

»Wohin sollte ihre Reise gehen?«

»Nach Phoenix. Gee, wir kennen keine Menschenseele in Phoenix.«

»Wann wollte sie fahren?«

»Ich weiß nicht. Aber es hörte sich so an, als sollte es bald sein.«

Mehr brachte ich aus ihr nicht heraus. Sie war erschöpft, aber immer noch wachsam genug, um noch einmal zu fragen, wer ich sei und was ich wollte. Ich mußte eine Frage mit einer Gegenfrage beantworten.

»Was wollen Sie nun tun, Martha?«

»Ich habe noch nicht darüber nachgedacht.«

»Es ist eine gute Gelegenheit, aus – dieser Situation herauszukommen.«

Ihr kleiner Mund wurde verkniffen. »Ich weiß nicht, was Sie damit meinen. Hören Sie, Pat half mir aus einer scheußlichen Lage. Ich will nicht wieder in so etwas geraten. Was verstehen Sie denn davon?«

»Seien Sie nicht böse.«

»Warum sollte ich nicht? Himmel, was die Leute nicht verstehen, muß lausig sein. Das hat Pat immer gesagt. Die Welt muß nicht unbedingt so sein, wie Sie es sich vorstellen. Wir haben nie jemanden gebeten, uns seinen Segen zu geben oder uns zu verdammen. Das ist eine Sache, die nur uns allein angeht. Scheren Sie sich doch zum Teufel!«

Sie starrte mich aus schmalen Augen an, warf den Kopf zurück und schrie: »Bobby! Bobby!«

Ich ging ohne sonderliche Hast, aber auch, ohne Zeit zu vergeuden. Trotzdem waren sie zwischen mir und meinem Wagen. Bobby hatte eine Freundin von gleichen Dimensionen mitgebracht, die im unsicheren Licht wie der junge Joe DiMaggio aussah. Joe wog einen chromblitzenden Golfschläger prüfend in der Rechten. Die beiden gingen auseinander und kamen von zwei Seiten auf mich zu.

»Machen Sie keine idiotischen Fehler«, sagte ich und blieb stehen.

Schon durch die Tatsache, daß sie weiblichen Geschlechts sind, sind sie zumeist im Vorteil. Männer sind ritterlich veranlagt und zögern, eine Frau zu schlagen. Martha stand in der Wohnwagentür, um sich den sportlichen Wettkampf anzusehen. Ich hatte vor langen Jahren meine Lektion bekommen, als ritterliches Zögern meine Reaktion verlangsamte. In den nächsten Tagen war ich wie ein achtzigjähriger Greis durch die Gegend geschlichen. Es war einer der Fehler, die man nicht zweimal im Leben macht.

Die Beleuchtung war ungünstig, und der Golfschläger machte mich nervös. Ich ließ alle Ritterlichkeit fahren und griff an. Ich tat, als wollte ich mir Bobby vornehmen und stürzte mich auf Joe. Meine Hand schloß sich um den Schläger, bevor sie Gelegenheit hatte, voll auszuholen. Ich entriß ihr den Schläger, packte ihn am andern Ende und zog ihr eins über den strammen Khakihosenboden. Joe sprang hoch und stieß, wahrscheinlich zu ihrem eigenen Mißfallen, einen hohen mädchenhaften Wutschrei aus. Ich wandte mich zeitig genug um, um dem Stein zu entgehen, den Bobby nach mir warf. Als sie sah, daß der Stein mich verfehlte, wandte sie sich zur Flucht. Ich behandelte sie wie Joe. Ihre Schreie gellten mir noch in den Ohren, als ich längst am Steuer saß.

Dana schlief, als ich den großen Raum im ›Apache‹ betrat. Ich hatte mich beizeiten daran erinnert, daß wir im Motel nichts mehr zu essen bekommen würden. In einem Restaurant hatte ich gegessen und für Dana ein komplettes Menü mitgebracht. Sie aß wie ein ausgehungerter Wolf.

»Trav, nie hat mir etwas so gut geschmeckt«, sagte sie, als sie den letzten Bissen vertilgt hatte.

Während sie aß, hatte ich ihr in Stichworten erzählt, was sich inzwischen ereignet hatte. Nun faßte ich noch einmal zusammen.

»Was wissen wir über M'Gruder? Er ist reich, rücksichtslos und geizig. Als Mann, der keinen Beruf ausübt, verfügt er über Zeit. Als Käufer gewisser Dienste kam er in direkte Verbindung mit Ives. Ives, der eine goldene Gelegenheit witterte, als er Lysa erkannte, machte so viele Aufnahmen, wie er nur konnte, wahrscheinlich Hunderte. Als Fachmann wußte er, daß er nur die entsprechenden Ausschnitte und Vergrößerungen zu machen brauchte, um Material gegen alle Beteiligten in die Hand zu bekommen. Wir können wohl annehmen, daß M'Gruder Ives alarmierte, sobald er wußte, wo die Party stattfinden sollte. Von Ives wissen wir, daß er geldgierig ist. Er erledigte den Auftrag für M'Gruder und bekam sein Honorar. Dann kassierte er bei Lysa Dean. Er versuchte sein Heil bei Abbott, erlebte aber einen Reinfall, weil niemand mehr bereit war, für Nancys Ruf zu zahlen. Alles Weitere müssen wir erraten. M'Gruder war versessen darauf, das Atlundmädchen zu heiraten. Ihr Vater war mit dieser Verbindung nicht einverstanden, aber es gelang M'Gruder, seine Bedenken zu beschwichtigen. Ich nehme an, daß Ives den Fehler beging, einen früheren Klienten zu erpressen, jemanden, der ihn kannte und wußte, wo er zu finden war. Die Zeiten stimmen. Ives drohte Professor Atlund die Aufnahmen von M'Gruder auf der Terrasse zu zeigen. Damit hätte M'Gruder verspielt. Atlund hätte nie zugelassen, daß seine Tochter einen solchen Wüstling heiratete. Ives hielt M'Gruder für ungefährlich. Vielleicht unterschätzte er seine Gier. M'Gruder folgte ihm, sah eine günstige Gelegenheit und schlug ihm den Schädel ein. Zwei Wochen später heiratete er seine Ulka.

Gehen wir einen Schritt weiter. Wir können annehmen, daß Patty den Namen des Fotografen von Vance erfuhr. Es würde ihm höllisches Vergnügen bereiten, Patty zu zeigen, wie gerissen er war, wie er es angestellt hatte, die Ehe ohne finanzielle Einbuße annullieren zu lassen. Immer wieder würde er ihr das unter die Nase reiben. Er muß sie gehaßt haben. Er ist ein ausgesprochen männlicher Typ, und es muß seinen Stolz schwer getroffen haben, als er dahinter kam, daß Patty Gefühle geheuchelt hatte, die sie tatsächlich nur mit Geschlechtsgenossinnen empfand. Patty bekam von jemandem einen Brief. Vielleicht enthielt er nur Gerüchte, aber er machte sie nachdenklich. Sie wußte von Ives' Tod. Sie kannte Vance. Sie wußte verdammt gut, in welchen Bahnen sich seine Gedanken bewegten und sie kannte seinen Hang zu Gewalttätigkeit. Die Telefongespräche, die sie führte, müssen sie in ihrer Überzeugung bestätigt haben. Sie schrieb Vance einen Brief, der die versteckte Drohung enthielt: Rück das Geld heraus, Boy, um das du mich betrogen hast, oder ich sorge dafür, daß die Polizei von Santa Rosita sich für dich interessiert. Dieses Risiko konnte er nicht eingehen. Um sie zu beruhigen, wird er ihr geschrieben haben, daß er in Kürze nach Phoenix kommen würde, um die Angelegenheit mit ihr zu besprechen. Pat mußte glauben, daß sie eine

Goldader gefunden hatte. Nun konnte er es nicht wagen, öffentlich in Las Vegas gesehen zu werden. Wenn Frauen ermordet werden, nimmt die Polizei die ehemaligen Männer unter die Lupe. Also verschaffte er sich ein gutes Alibi in Phoenix, machte gestern abend einen Abstecher nach hier und brachte sie um. Wahrscheinlich glaubte er, keine andere Wahl zu haben. Sie haßte ihn nicht weniger, als er sie haßte. Sie hätte keine Gnade gekannt, sondern ihn bis zum letzten Cent ausgepreßt.«

Dana überdachte, was ich berichtet hatte. »Es könnte so gewesen sein«, gab sie zu. »Aber ist es unser Problem, Trav? Ist nicht Samuel Boden unser eigentliches Problem?«

»In diesem Augenblick, Darling Dana, kann ein smarter Cop einen kleinen Fehler entdecken, den Vance machte. Einen Fehler, der ihnen die Handhabe gibt, ihn wegen Mordes zu verhaften. Glaubst du, er würde wie ein Kavalier schweigen? Er würde die ganze Geschichte erzählen, hier und da mit kleinen Abweichungen, so daß es aussieht, als wäre ihm keine andere Wahl geblieben, als Patty umzubringen. Wie lange würde Lysa unbehelligt bleiben, wenn die Polizei Cass und Carl und Martha Whipper zur Vernehmung holt und nach allen Regeln der Kunst ausquetscht? Mal dir die Schlagzeilen aus, Darling. Filmstar in Orgienmord verstrickt! Lysa wäre schlimmer dran als je zuvor. Ich muß herausfinden, wieviel meine Vermutungen wert sind. Wenn es so aussieht, als ließe es sich nicht vermeiden, daß ihr Name zur Sprache kommt, so kann ich sie wenigstens warnen, damit sie die entsprechenden Schritte unternimmt. Irgendwie wird sie vorbauen können. Indem sie ein paar langfristige Verträge eingeht. Oder die Public-Relations-Leute auf ihre Seite bringt.«

Danas Brauen hoben sich. »Ich verstehe, worauf du hinauswillst. Vielleicht hat er aber Phoenix nur erwähnt, um etwas zu sagen.«

»Ich glaube, er ist dort. Es ist nicht weit. Ich werde mir Gewißheit verschaffen.«

»Also gut, Darling.«

Ich streichelte ihren Fuß, der unter der Bettdecke hervorlugte. »Ich mag gehorsame Frauen.«
Sie gähnte. »Ich fühle mich so schrecklich passiv dabei.«
»Nur dabei? Oder sonst auch?«
Sie spitzte die Lippen, neigte den Kopf zur Seite und legte einen Finger an die Nase. »Nun... so weit würde ich nicht gehen, das zu behaupten.«

12

Zuerst war es meine Absicht gewesen, in den ›Vier Dreiern‹ herumzuhorchen, ob M'Gruder in der Nacht vor Pattys Tod gesehen worden war. Dann aber dachte ich an frühere Erfahrungen, die ich mit den wachsamen Polizisten von Las Vegas gemacht hatte, und der Appetit verging mir. Außerdem sagte ich mir, daß M'Gruder nicht so leichtsinnig sein würde, sich ausgerechnet in den grell erleuchteten Spielkasinos zu zeigen. Sicher hatte er die Adresse Pattys, und er brauchte nur festzustellen, wann ihre Arbeit zu Ende war. Während ich mich rasierte, überlegte ich, für welche Verkehrsmittel er sich entschieden haben mochte. Phoenix lag etwa 300 Meilen entfernt. Ich an seiner Stelle hätte einen guten, schnellen Wagen gewählt. Mit genügend Pferden unter der Motorhaube und einer Federung, die den Anforderungen der kurvenreichen Gebirgsstraßen genügte, konnte ein guter Fahrer es in fünf Stunden schaffen. Abfahrt aus Phoenix um sechs, Ankunft in Las Vegas um elf. Eine Stunde, um Patty aufzuspüren und umzubringen. Fünf Stunden für die Rückfahrt, so daß M'Gruder zur Zeit wieder im trauten Ehebett liegen konnte. Ein Privatwagen war sicherer als ein Bus, sicherer als ein Flug. Benzin gegen Barzahlung. Keine Quittungen, keine Mitreisenden. Wenn er es richtig einfädelte und kühl berechnend durchführte, konnte er seine Mitmenschen überzeugt haben, daß er Phoenix nie verlassen hatte. Wenn er die Nerven hatte, die nötig waren, um die Fahrt nach Santa Rosita zu unternehmen...

Unter den Zeitungen in der Halle fand ich ein Phoenixblatt, in dem der Name der für den Gesellschaftsklatsch zuständigen Reporterin angegeben war. Nachdem ich Dana mit einem neuen Namen und einer einigermaßen glaubhaften Tarngeschichte versehen hatte, schob ich sie in die Telefonzelle. Ich blieb draußen stehen und sah, wie ihre Augen groß wurden und zu funkeln begannen. Sie nickte mir mit wild schwingender Mähne zu. Als sie herauskam, sagte sie: »Eine entzükkende Frau! Die M'Gruders sind zu Besuch bei dem Ehepaar Glenn und Joanne Barnweather. Sie sprach den Namen mit Hochachtung aus. Alte Freunde von ihm, offensichtlich. Sie meint, sie wären vor fünf Tagen mit dem Flugzeug aus Mexico-City gekommen. Sie hatte einige Zeilen darüber gebracht. Sie wohnen auf der Barnweather-Ranch hinter Scottsdale. Du warst völlig sicher, nicht wahr?«

»Nicht so ganz. Aber langsam werde ich es. Sehen wir uns die Herrschaften also an.«

Wir kehrten in unser Zimmer zurück und packten. Um die Mittagsstunden rollten wir auf der Straße nach Boulder City dahin. Der Wagen war schwer, ließ sich aber leicht steuern. Sonne und Wind brieten uns. Wir lachten, machten Scherze. Ihre dunklen Augen funkelten mich übermütig an. So mochte ich sie, frei und lebendig, nicht in ihr eigenes Dunkel verschlossen.

Rasende Räder fraßen die Meilen. Kingman, Wikieup, Congress, Wittenburg, Wittman, dann hinab in die Üppigkeit des alten Salt River Tales mit Phoenix, das der allgemeinen Hochkonjunktur immer noch um einiges voraus ist.

Die Sonne stand tief, als wir den Stadtrand erreichten. Ich entschied mich für das gläserne U eines mitten im Grün liegenden Motels. In einem nahen Spezialgeschäft, das noch geöffnet war, vervollkommnete Dana unsere Garderobe, indem sie eine Badehose für mich und einen Badeanzug für sich erstand. Am Rand des Swimming-pools mixten wir uns große Gins mit bitterer Zitrone. Dana schwamm mit spaßiger Ernsthaftigkeit, das Kinn hoch über das Wasser gehoben. Sie benutzte eine Technik, die ich als Hundepaddeln bezeichnete. Als wir müde und erschöpft in die Betten fielen, fingen wir an, über die M'Gruders zu sprechen. Wir mußten herausfinden, wie wir uns ihnen nähern konnten, ohne Verdacht zu erregen.

Ich konnte ihr nicht genau sagen, was ich zu erreichen hoffte. Wenn M'Gruder der Mann war, wollte ich ihn aus seiner Ruhe aufscheuchen. Er sollte nicht auf den Gedanken kommen, er habe eine Chance. Ein Mann, der sich zur Flucht wendet, ist ein toter Mann. Ein Prozeß würde auch für Lysa Dean das Ende ihrer Laufbahn bedeuten. Wenn man von jemandem Geld nimmt, um Spesen zu bestreiten, ist man ihm moralisch verpflichtet. M'Gruders Vertrauen, er sei mit seinen Taten davongekommen, mußte erschüttert werden. Bis er die Flucht ergriff. Dann konnte die Jagd beginnen.

Die Nummer der Barnweathers war im Buch verzeichnet. Wir legten den Schlachtplan sorgfältig fest. Dana fügte ein paar eigene Ideen hinzu. Im Bad war ein zweites Telefon. Ich ging hinein, um das Gespräch mitanzuhören.

Ein Diener sagte, die M'Gruders seien im Gästehaus. Er gab Dana eine andere Nummer. Sie wählte erneut, und ein Mann antwortete. Er hatte eine kultivierte Baritonstimme, leicht durch Alkohol gelöst, und gab zu, daß er Mister M'Gruder in Person sei.

»Sie kennen mich nicht, Mr. M'Gruder.«

»Nach dem Klang Ihrer entzückenden Stimme zu urteilen, habe ich etwas versäumt. Wie ist Ihr Name, meine Liebe?«

»Ich habe mir gerade einen neuen Namen gewählt. Ich frage mich, ob er Ihnen gefällt. Patty Ives. Mögen Sie den Namen?«

Kurze Stille, bevor er sprach. Er hatte seine Stimme vollkommen in der Gewalt. »Sie sprechen, als hätten Sie mir etwas mitzuteilen. Aber ich fürchte, ich kann Ihnen nicht folgen.«

»Ich weiß, daß Sie im Nachteil sind. Ich weiß soviel mehr über Sie als Sie über mich.«

»Ich möchte nicht unhöflich sein, aber Rätsel liegen mir nicht, wer immer Sie auch sind. Wenn es Ihnen also nichts ausmacht...«

»Ich denke, wir treffen eine Verabredung für ein ruhiges Gespräch, Vance. Sicher können Sie Ihre kleine Frau eine Stunde allein lassen. Wir haben gemeinsame Freunde. Carl Abelle. Lysa Dean. Cass Edgars. Nancy Abbott. Martha Whipper. Sonny Catton ist allerdings tot. Armer Sonny.«

Wieder konnte ich bis fünf zählen, ehe er antwortete: »Ich halte Sie für ein recht närrisches Mädchen, meine Liebe.«

»Närrisch vielleicht, aber sehr, sehr vorsichtig, Vance.«

»Sie könnten sich einbilden, Sie besäßen etwas, das sehr

wertvoll für Sie ist. Vielleicht irren Sie sich. Vielleicht bedeutet Ihr Anruf für mich nur eine Belästigung.«

»Glauben Sie nicht, daß er viel mehr bedeuten könnte?«

»Wir reden aneinander vorbei, meine Liebe. Ich bin sicher, daß man mir einige Indiskretionen verzeihen wird. Das Leben mit meiner ehemaligen Frau war oft wenig erfreulich. Mrs. M'Gruder ist darüber informiert. Ich habe mich gebessert. Die Polizei war gestern nachmittag hier, in Zusammenarbeit mit der Polizei von Las Vegas, wie ich annehme. Um sicherzustellen, daß nicht ich Patty getötet habe. Ich bedauere ihren Tod nicht. Ich bin kein Heuchler. Sie war eine schreckliche Frau. Das alles geht Sie natürlich nichts an. Aber ich möchte nicht, daß Sie glauben, Sie könnten mich einschüchtern oder gar erschrecken. Ihr Anruf hat mich bestenfalls etwas verwirrt. Bitte rufen Sie mich nicht mehr an.« Klick.

Ich legte den Hörer auf und setzte mich auf den Rand der Badewanne. Dana blieb Sekunden später in der Tür stehen. Sie hatte sich mein Sporthemd übergezogen. Sie lehnte sich gegen den Türrahmen und sagte: »Nun?«

»Schwer zu sagen. Ich weiß nicht recht. Entweder liegen wir völlig falsch, oder er hat die Nerven eines Oberkellners. Verdammt, er *muß* es sein. Wir werden hinausfahren.«

»Einfach so?«

»Ich hoffe, man wird uns einladen.«

Es gibt eine Theorie, daß die Bevölkerung Amerikas nur 100000 Köpfe zählte, und daß die restlichen 189900000 eine gesichtslose Masse sind. Die Theorie behauptet weiter, daß jeder dieser 100000 mit jedem andern um nicht mehr als drei Ecken bekannt sei. Beispiel: Ron kannte Carols Bruder in Princeton. Carols Mann arbeitete mit Vern in der Fordstiftung. Verns Vetter traf Lucy beim Filmfestival. Wenn Ron und Lucy sich so als Fremde begegnen und ahnen, daß sie zu den 100000 gehören, können sie durch ein neckisches Frage- und Antwortspiel feststellen, daß sie wenigstens ein Dutzend gemeinsame Bekannte haben.

Ich hatte dank früherer Erfolge vorübergehend die Mitgliedschaft dieser bevorzugten Gruppe erworben. Glenn und

Joanne Barnweather gehörten ihr mit Sicherheit an. Ich mußte also Verbindung zu andern Mitgliedern aufnehmen, von denen anzunehmen war, daß sie die beiden kannten. Ich versuchte es bei Tulio in Oklahoma City und zog eine Niete. Ich erinnerte mich an Mary West in Tucson. Sie kannte sie, aber nur oberflächlich. Aber sie war mit Paul und Betty Diver in Flagstaff bekannt, die zu den guten Freunden der beiden zählten. Sie war sicher, daß Betty mitspielen würde. Klappte es nicht, würde sie zurückrufen. Blieb der Anruf aus, so würde ich von Joanne Barnweather direkt hören. Sie erzählte mir kurz, was ich über die Divers wissen mußte.

Wir warteten zwanzig Minuten, dann läutete das Telefon. »Trav McGee?« fragte eine weibliche Stimme. »Hier spricht Joanne Barnweather. Unser gemeinsamer Freund Paul Diver rief mich eben an und teilte mir mit, daß Sie in der Stadt sind. Können Sie zu uns herauskommen? Sind Sie frei?«

»Wenn ich eine Bekannte mitbringen kann.«

»Natürlich können Sie. Glenn und ich werden uns freuen. Wir haben außer unseren Hausgästen nur ein paar Besucher und lassen uns kleine Drinks schmecken, bis die Zeit für große Steaks gekommen ist. Kommen Sie, wie Sie sind. Wir freuen uns auf Ihren Besuch.« Sie beschrieb mir, wie ich zu fahren hatte.

Dana hatte, dicht an mich geschmiegt, zugehört. Als ich auflegte, schenkte sie mir einen spöttisch-bewundernden Blick.

»Du bist ein Gauner, McGee.«

»Darling, zieh dein Grünes an.«

»Sie sagte, wir sollten kommen, wie wir sind.«

»Schließ dann wenigstens die Knöpfe meines Hemds.«

13

Während wir unter einem sternenklaren Nachthimmel dahinfuhren, besprach ich die nächsten Schritte mit Dana. Sie sollte sich M'Gruder möglichst fernhalten, aber die Gesellschaft seiner jungen schwedischen Frau suchen. Um M'Gruder wollte ich mich selbst kümmern.

Das Grundstück der Barnweathers bestand aus einem kleinen, einfachen Viertel-Million-Dollar-Ranchhaus, umgeben von einem weiten, mit großen und kleinen Felsbrocken übersäten Gelände. Fünfzehn Wagen blitzten im Sternenlicht, Musik und Stimmengewirr klangen aus der Richtung des festlich beleuchteten Swimming-pools an unsere Ohren. Etwa fünfunddreißig Personen standen oder saßen in kleinen Gruppen zusammen. Von Shorts bis zum korrekten Abenddreß war alles an Kleidung vertreten.

Als wir zögernd stehenblieben, kam eine schlanke, hübsche Frau mit ausgestreckten Armen auf uns zu. »Trav? Ich bin Joanne.«

»Und dies ist Diana Hollis.« Wir hatten uns überlegt, daß Lysa Dean mit M'Gruder über ihre Sekretärin gesprochen und daß er ihren Namen behalten haben könnte.

»Ich freue mich, daß Sie gekommen sind. Erst einen Drink, dann mache ich Sie bekannt.« Sie steuerte uns auf eines der Büfetts zu, und wir stießen an. Dann drängten wir uns durch die Gruppen, wobei Joanne die Vorstellungen übernahm. Glenn war ein massiger Bursche in einem Anzug, der ihn als passionierten Jäger auswies. Vance M'Gruder war ein bißchen kahler, ein bißchen brauner und ein bißchen größer, als er auf den Fotos schien. Er war der Typ des übertrainierten Sportsmannes, mit ganzen Bündeln von Muskeln, daß selbst sein Gesicht wie ein Lederbeutel voller Walnüsse aussah. Polomuskeln, Tennismuskeln, Seglermuskeln, Fechtermuskeln – der Typ, der jeden Morgen mit einem Handstand begann und ständig bereit war, jeden auf jedem Gebiet zu schlagen.

Seine junge Frau war eine der eindrucksvollsten weiblichen Gestalten, die ich je im Leben gesehen hatte. Die Schweden sind bekannt für die Schönheit ihrer Mädchen. Sie war ein Musterexemplar der Gattung. Ulka Atlund-M'Gruder war groß genug für ihren Mann, um neben ihm in flachen Absätzen zu bestehen. Während die anderen sich in Jacketts, Sweater, Schals und Stolen gehüllt hatten, trug sie ein dünnes, enganliegendes Wollkleid ohne Ärmel. Sie schien über genügend animalische Wärme zu verfügen, um sich auch bei zwanzig Grad unter Null wohl zu fühlen. Sie war schlank und langbeinig, und ihr schmales, herb geschnittenes Gesicht, das kein Make-up aufwies, hätte ebenso einem Pagen aus der Zeit König Arthurs gehören können. Oder einer idealisierten heiligen Johanna. Das Haar lag ihr wie ein Helm aus blassem Gold an. Sie sprach wenig, und wenn sie es tat, schien sie geistesabwesend. Ihre Blicke folgten ihrem Mann, wohin er auch ging. Ihr Bild verstärkte meine Meinung über M'Gruder. Die Heirat mit diesem Mädchen bedeutete ihm die endgültige Bestätigung seiner Männlichkeit. Ein Mann wie er würde vor nichts zurückschrecken, um eine Frau wie sie zu erobern. Und es war ihm gelungen. Nun gehörte sie ihm, und er konnte mit ihr verfahren, wie es ihm beliebte.

Später, als ich mit M'Gruder in einer Gruppe stand, wandte ich den Kopf und sah Dana, die mit Ulka allein stand und zu ihr sprach. Ulka nickte. Sie beobachtete Vance. Ich kam nicht weiter mit M'Gruder. Ich versuchte, mit ihm ›Kennen Sie X, Y, Z?‹ zu spielen und erwähnte die Namen einiger Bootsnarren aus Florida. Ja, er kannte sie. Sicher. Und weiter?

Mir wurde klar, daß er an nebensächlichen Dingen nicht mehr interessiert war. Er war zwei gefährliche Risiken eingegangen, um seine Wikingprinzessin zu erobern und für immer an sich zu fesseln. Vielleicht knüpft in dieser Sekunde jemand den Strick für seinen Hals. Von einem Mann mit solchen Gedanken kann man nicht erwarten, daß er an seichtem Geschwätz Anteil nimmt.

Später löste sich die Party langsam auf. Die Gäste schwärmten durch das ganze Haus, verloren sich in der Weite des Anwesens. Dana war mir aus den Augen gekommen, und ich machte mich ohne sonderliche Eile auf die Suche nach ihr. Als ich den großen, in sanftblaues Licht getauchten Kakteengarten durchstreifte, hörte ich plötzlich zu meiner Rechten eine verächtliche weibliche Stimme: »Bastard! Bastard! Bastard!« Ich bemühte mich, schnell außer Hörweite zu gelangen. Mir lag nichts daran, in diesem Wüstenparadies Zeuge einer ehelichen Auseinandersetzung zu werden.

Aber die männliche Stimme ließ mich erstarren. »Ich will nur wissen, wo du...« Der Rest des Satzes blieb unverständlich. Der Mann hatte seine Stimme erhoben, um die Frau zum Schweigen zu bringen, und sie wieder gesenkt, als sie verstummte. Es war die Stimme von Vance M'Gruder.

»Du bist so klug! Du bist sooooo klug! O Gott, was habe ich für ein Genie geheiratet!«

»Pssst, Ullie. Schrei nicht!«

»Vielleicht war es einer meiner mexikanischen Freunde. Wie wäre das? Wie gefiele dir das, he? Und was würdest du tun, wenn es so wäre?« Die süße Stimme Ulka Atlund-M'Gruders, der jungen, knapp zwei Monate verheirateten Frau. Wo war ihr geistesabwesendes Lächeln? Wo die sanfte Hingabe? Was ich gehört hatte, war die Bösartigkeit einer Frau, die ihren Mann an seiner verwundbarsten Stelle treffen wollte. Er ermahnte sie wieder, die Stimme zu dämpfen, und sie gingen weiter, bis ich sie nicht mehr hören konnte. Ich machte einen großen Bogen und entdeckte, daß ich an einem schmalen Weg gestanden hatte, der wahrscheinlich zum Gästehaus führte.

Später stand ich neben Dana, als wir uns verabschiedeten. Joanne Barnweather lehnte sich leicht schwankend gegen uns. »Sie kommen morgen zu einem Ritt heraus, verstanden? Wir haben schöne Pferde. Diana, Süße, ich habe alles, was Sie zum Anziehen brauchen. Machen Sie sich deswegen keine Sorgen. Nur Sie beide und wir und die M'Gruders. Wissen Sie was, Diana? Sie haben Ulka gefallen. Sie möchte, daß Sie mit von der Partie sind. Was halten Sie davon? Ich meine, daß Sie überhaupt Sympathien für jemand empfindet? Wir kennen Vance seit einer Ewigkeit und mögen den alten Burschen, und es war großartig, daß er sein schwules Limeymädchen loswurde, aber ehrlich, ich werde aus dieser Ulka nicht schlau. Sie ist ein komisches kleines Biest, das ist sie. Wir sind uns also klar, ja? Morgen früh um neun, okay?«

Auf der Rückfahrt sagte Dana: »Ich habe Angst vor Pferden, Trav.«

»Wie lief es bei dir?«

»Hast du es nicht gehört? Sie mag mich. Ich wäre nie auf diesen Gedanken gekommen. Ich hatte vierzig Minuten, um mich mit ihr zu unterhalten. Ich habe wirklich alles versucht. Schließlich erfuhr ich, daß ihr Mann am letzten Mittwochabend Poker spielte. Er liebt ausgedehnte Pokerpartien, sagte sie. Sie sagte, er wäre erst am Donnerstag kurz vor dem Mittag zurückgekommen. Du glaubst nicht, welche Mühe es mich kostete, wenigstens das aus ihr herauszubekommen.«

Ich sagte Dana nicht, daß ich mich unbehaglich fühlte. Mir war, als versuchte jemand, uns die Regie aus den Händen zu nehmen.

Wir mußten uns beide die Ausrüstung ausleihen. Glenn Barnweathers Hosen waren mir am Bein zu kurz und im Bund zu weit. Dana hatte ähnliche Schwierigkeiten mit ihrem Reitdreß. Die Stallburschen sattelten die Pferde, während Joanne, noch ziemlich wacklig auf den Beinen, uns schon wieder mit Getränken traktierte. Dana bekam als Anfängerin ein ziemlich lammfrommes Tier, ich versuchte, mich mit einem nervös tänzelnden Hengst mit rollenden Augen anzufreunden. Als wir einen langen Hang hinaufdonnerten, waren Joanne und Vance die Besten der Gruppe. Glenn hinkte ihnen auf seinem Rotfuchs nur wenig nach. Ulka und ich ritten auf gleicher Höhe. Sie saß großartig aus in ihrem blaßblauen Anzug mit dem weißen Cowboyhut im Nacken. Sie schien weitaus munterer als am Abend zuvor, aber Vance sah erbärmlich aus. Seine Bräune hatte einen grünlichen Anstrich bekommen, seine Augen waren gerötet. Mit der Miene eines Mannes, der vor Spannung fast zerbirst, hatte er schnell hintereinander drei Drinks hinabgegossen, bevor er in den Sattel stieg.

Joanne schwatzte über die Ranch und die Veränderungen, die sie ins Auge gefaßt hatten. Mein Hengst versuchte zu bocken, um dann hinten hochzusteigen und mich loszuwerden. Kurze Zeit ritt ich neben Ulka. Sie griff in einen schmalen Lederbeutel, dessen Riemen um das Handgelenk gewunden war, und brachte das Zigarettenpäckchen zum Vorschein. Sie lehnte sich mir entgegen, gab mir eine Zigarette und ließ das Feuerzeug aufflammen. Ich verlor sie aus den Augen, als mein Hengst in einen scharfen Galopp fiel. Ich hatte alle Mühe, ihn zu bändigen. Plötzlich stob die ganze Meute auf ein Zeichen Glenns einer fernen Baumgruppe zu. Die Gruppe ritt auseinandergezogen. Dana ritt mit Glenn voraus. Sie lag tief auf dem Hals ihres Tieres. Vielleicht klammerte sie sich an das Sattelhorn. Joanne ritt links von mir, eine halbe Pferdelänge voraus.

In dieser Sekunde stieß Ulka ihren schrecklichen, durchdringenden Schrei aus. Die Pferde reagierten verschieden. Mein Hengst stieg in den Himmel und kam mit mir zusammen wieder herunter, dann jagte er weiter. Wir kamen gerade zur Zeit neben Dana an. Sie war schon halb aus dem Sattel geglitten. Mit einem scharfen Ruck zog ich sie wieder in den Sitz zurück. Glenn hatte sein Tier nach links herumgerissen. Ich sah ihm nach und entdeckte M'Gruders Pferd, das wild in die gleiche Richtung raste. Im Steigbügel hing eine Gestalt, die einer Puppe ähnelte. Ihr Schädel schlug wieder und wieder auf die Gesteinsbrocken neben den Hufen des Tieres, bis sich der Fuß aus dem Steigbügel löste. Reglos blieb die Gestalt liegen.

Ulka glitt aus dem Sattel. Schreiend und taumelnd lief sie auf die Gestalt zu und warf sich neben ihr zu Boden. Ich zügelte meinen Hengst und verknotete die Zügel an einem kleinen Busch. Danas Tier wandte sich plötzlich den heimatlichen Gefilden zu. Joanne riß ihr Pferd herum und machte sich an die Verfolgung Danas. Ich winkelte die Arme an und lief zu der reglosen Gestalt. Ein einziger Blick überzeugte mich, daß jede Hilfe zu spät kam. Ich zog Ulka auf die Füße und führte sie fort. Sie zitterte am ganzen Körper.

»Er beugte sich vor und rutschte aus dem Sattel«, sagte sie mit ihrer dünnen kleinen Stimme, die nur eine Spur von Akzent aufwies. »Er kam nicht frei, sein Fuß blieb im Steigbügel hängen. Oh, mein Gott!« Sie fiel auf die Knie und vergrub das Gesicht in den Händen.

Der Tote wurde von einem Jeep zurückgebracht und nahe dem Haus in einen Krankenwagen umgebettet. Die notwendigen behördlichen Maßnahmen wurden schnell erledigt. Wir stimmten alle überein in der Meinung, daß M'Gruder sich nicht wohl gefühlt haben mußte. Ulka erklärte, daß er infolge eines verdorbenen Magens nicht geschlafen hätte. Sie hatte sich in Joannes Schlafzimmer niedergelegt. Joanne und Dana waren bei ihr. Ihr Vater wurde benachrichtigt. Er würde am Sonntagmorgen in Phoenix ankommen, um sie nach San Francisco mitzunehmen. Dort würde die Beisetzung stattfinden. M'Gruders Anwalt wurde ebenfalls benachrichtigt. Reporter erschienen und saßen wartend in ihren Wagen, nachdem sie die mageren Tatsachen zur Kenntnis genommen hatten. Sie wirkten gereizt.

Ich saß mit Glenn Barnweather auf der schattigen Terrasse. Er schüttelte unentwegt den Kopf und sagte: »Eine verteufelte Geschichte, eine verteufelte Geschichte.« Dann mixte er sich einen steifen Bourbon.

»Er hatte alles, was ein Mensch nur begehren konnte«, sagte ich.

»Himmel, Sie sollten seinen Besitz in Hawaii sehen. Ihren Besitz jetzt, nehme ich an. Und wissen Sie, warum es sie so schwer trifft, daß es gerade jetzt geschehen mußte? Ich werde es Ihnen sagen. Ich fühlte mich nicht wohl gestern abend. Also machte ich einen Spaziergang. Stimmen tragen weit in die Nacht. Sie hatten einen wüsten Streit. Schrien sich an. Ich verstand kein Wort, aber die Szene dauerte ziemlich lange. Würden Sie ihr zutrauen, daß sie sich von dieser Seite zeigte? Mag sein, daß es ihr erster Streit war. Ich dachte immer, er spielte die erste Geige. Vielleicht glaubte er es auch. Ein Mann, der knapp zwei Monate verheiratet ist und nachts fortbleibt, um Poker zu spielen, wenn ihn so etwas im Bett erwartet, muß sich ja einbilden, er sei der Boß.«

»Poker?«

»Im Klub in der Stadt. Letzten Mittwoch. Eine uralte Einrichtung. Einmal im Monat eine Pokersitzung, die die ganze Nacht dauert. Er verlor etwa zweitausend, gewann aber zum Schluß wieder etwas zurück.«

Wenn man sich ein schönes Gebäude errichtet hat, sieht man nicht gern, wenn jemand es dadurch zum Einsturz bringt, daß er die Grundmauern zerstört. Man packt zu und versucht, das Schlimmste zu verhüten.

»Er hat die ganze Nacht hindurch gespielt?« fragte ich und musterte das rote, ernste Gesicht. Ich suchte vergebens. Nichts deutete darauf hin, daß er mir eine Lüge auftischte oder meine Fragen ausweichend beantwortete. Sein flüchtiges Lächeln war leicht zynisch.

»Bis ins grausam helle Tageslicht, McGee. Ich verstehe, daß jeder, der die junge Frau kennt, sich darüber wundert. Vielleicht mußte der arme Vance einmal Atem schöpfen. Sie sieht aus, als wäre sie nicht leicht zufriedenzustellen.«

Mein schöner Traum stürzte krachend zusammen. Ich hatte selbst einen kleinen Teil des Streites gehört, einen Teil, der sich auf die vergangene Mittwochnacht bezogen haben mochte. Vielleicht hatte ich gehört, wie er sie fragte, wo sie gewesen sei. Und sie hatte ihn mit ihren mexikanischen Freunden zur Weißglut gebracht...

»Hat Ulka sich auch in der Stadt vergnügt?« fragte ich.

»Sie wollte. Aber keine wilde Sache, wie Sie vielleicht denken. Einen von Joannes Konzertabenden, mit Cocktail, einem Essen und anschließendem Konzert. Alles war vereinbart, aber dann sagte Ulka ab, und Joanne ging allein.«

»Vielleicht überlegte Ulka es sich später anders. Hatte sie einen Leihwagen?«

»Ich hatte ihnen die Corvette zur Verfügung gestellt, die ich Joanne gekauft hatte. Es ist der 360er, ein zu schwerer Wagen für Joanne. Sie hat direkt Furcht vor ihm. Vance überlegte, ob er ihn kaufen sollte. Sie hätten damit nach San Francisco fahren können; der Rest ihrer Sachen wäre ihnen nachgeschickt worden. Ich war einverstanden, aber dann kamen wir doch nicht dazu, den Handel abzuschließen. Der Wagen ist so gut wie neu, erst fünfzehnhundert Meilen gefahren. Aber er ist nichts für Jo. Er ist zu schnell, hat zu viele PS unter der Haube.«

»War diese Nacht am Mittwoch das einzigemal, daß die beiden getrennt marschierten?«

»Im allgemeinen blieb er immer in ihrer Nähe.«

»Sind sie viel mit dem Wagen gefahren?«

»Dazu war unser Programm zu reichhaltig. Warum fragen Sie?«

Ich zuckte die Achseln. »Nichts. Müßiges Geschwätz.« Wir sprachen noch über banale Dinge, dann mixte er sich einen neuen Drink und zog sich ins Haus zurück. Ich ging über den schmalen Pfad zum Gästehaus. Die Corvette stand mit offenem Verdeck in der Garage. Ich blickte auf den Tachometer, dann ging ich nachdenklich zum Haus zurück. Ich konnte Glenn nicht erzählen, was mir durch den Kopf ging. Mein zerstörter Turm sah plötzlich nicht mehr so sinnlos aus. Man konnte ihn zu einem neuen Gebäude zusammensetzen, brauchte ihm nur einen andern Namen zu geben. Unklar blieb nur die Frage nach dem Motiv. Dann kam mir ein sonderbarer Gedanke. Ich legte den Rest des Weges im Eilschritt zurück.

In der Halle flüsterte ich Dana zu: »Honey, du mußt verhindern, daß irgend jemand jetzt das Schlafzimmer betritt. Jede Ausrede ist erlaubt.«

»Du siehst so sonderbar aus, Darling.«

»Mir ist auch sonderbar.«

»Kannst du mir nicht sagen warum?«

»Wenn ich ganz sicher bin. Dann erfährst du alles.«

Ich betrat Joannes Schlafzimmer und schloß die Tür hinter mir. Es war ein langer Raum. Die Vorhänge waren zur Hälfte zugezogen. Ulka ruhte in einem tiefen, weichen Sessel, eine gelbe

Decke über dem Schoß. Sie trug noch die Reithosen, ein leichter Geruch nach Pferden und Sattelzeug lag über dem Raum. Sie beobachtete mich scheinbar ungerührt, als ich ohne Gruß einen Sessel heranzog und mich ihr gegenübersetzte.

Schweigen bringt oft Wunder zustande, aber ich konnte nicht erkennen, ob es eine Wirkung auf sie hatte.

»Nun, Ullie?« sagte ich endlich.

»Solange ich lebe, gestatte ich niemandem mehr, mich so zu nennen.«

»Das ist sehr sentimental, Ullie. Sehr zartfühlend. Ich vermute überhaupt, daß Sie sehr rücksichtsvoll und zartfühlend sind. Sie wollten nicht, daß Ihr Vater sich aufregte, nicht wahr? Diese Aufnahmen, die Ives von Ihrem zukünftigen Mann gemacht hatte, hätten den Professor aufgeregt. Er hätte der Ehe nicht zugestimmt. Und Sie sind eine gehorsame Tochter. Ives war ein geldgieriger Bursche. Er wußte, wieviel Vance an Ihnen lag. Er muß eine große Summe Geld von ihm verlangt haben. Es war nicht klug von Ives, seinen früheren Auftraggeber zu erpressen, weil Vance ihn kannte. Ives muß angenommen haben, daß Vance unfähig war, zur Gewalt Zuflucht zu nehmen.«

Sie hob die Brauen und schüttelte den schönen Kopf. »Ives? Aufnahmen? Erpressung? Warum kommen Sie mit diesem dummen Geschwätz zu mir?«

»Ives mußte sehen, daß er alles auf einmal bekam, denn sobald Sie mit Vance verheiratet waren, hatte er kein Druckmittel mehr in der Hand. Ich vermute, daß Vance mit seinem Problem zu Ihnen kam. Er zeigte Ihnen die Fotos, um zu sehen, ob Sie auch ohne die Zustimmung Ihres Vaters geheiratet hätten. Auf diese Weise hätte er einen tüchtigen Batzen sparen können. Es ist traurig und spaßig zugleich, Ullie. So großen Respekt Sie vor Ihrem Vater hatten, so wenig Respekt hatten Sie vor dem Leben.«

»Sie sollen mich nicht Ullie nennen. Ich verbiete es Ihnen.«

»Vance muß es für einen großartigen Zufall gehalten haben, als Ives ermordet wurde. Ihn interessierte nur die Frage, wie er aus der Klemme kam, und als niemand auftauchte, um da weiterzumachen, wo Ives aufgehört hatte, wußte er, daß er in Sicherheit war. Er würde sein Mädchen, den goldenen Ring und alles andere haben. Die richtige Tragödie begann für ihn, als er langsam entdeckte, was für ein neurotisches kleines Biest Sie in Wirklichkeit sind.«

»Wer sind Sie? Sie müssen wahnsinnig sein, völlig verrückt.«

»Sehen wir uns doch die Dinge einmal in aller Ruhe an, Ullie. Niemand verdächtigte Vance. Patty, seine ehemalige Frau, war die einzige, die sich ihre eigenen Gedanken machte, und sie brauchte nur zwei und zwei zu addieren, um eine Antwort auf alle Fragen zu erhalten. Sie versuchte sich zu vergewissern, soweit es ihr möglich war. Sie hatte allen Grund, Vance eins auszuwischen. Überzeugt, daß Vance Ives umgebracht hatte, setzte sie sich mit ihm in Verbindung, um für den Rest ihres Lebens versorgt zu sein. Ich vermute, wir wissen, warum die Sache schiefging. Vance konnte beweisen, wo er sich in der Nacht des fünften Dezember aufgehalten hatte. Wo aber war sein liebes Mädchen gewesen? Sein gut gebautes Mädchen, das sich mit Ives und Patty nachts an dunklen Stellen verabreden konnte, was Vance nie gelungen wäre, ohne Verdacht zu erregen? Nachdem Sie Ives getötet hatten, blieb Ihnen keine andere Wahl. Auch Patty mußte beseitigt werden. Ungeschickter Mord ist wie Hausarbeit, meine Liebe. Fängt man einmal an, so kommt man nie zu einem Ende.«

»Was Sie erzählen, ist absurd und zum Gähnen langweilig.«

»Patty hätte nicht klein beigegeben. Früher oder später hätte Vance sich mit dem Gedanken abfinden müssen, daß Sie Ives auf dem Gewissen hatten. Vielleicht wurde er damit nicht fertig. Vielleicht war er entschlossen, Sie der Polizei zu übergeben. Er hatte allmählich herausgefunden, daß seine Ehe nicht das war, was er erhofft hatte.«

»Wir hätten nicht glücklicher sein können!«

»Ullie! Ullie! Und die mexikanischen Freunde? Nur kleine Flirts?«

»Wie können Sie...« Sie brach ab. Wahrscheinlich erinnerte sie sich daran, daß Vance sie aufgefordert hatte, leiser zu sprechen. Ihr Atem ging schneller, auf ihren Wangen zeigten sich rote Flecke. Ich sah, wie sie sich bemühte, ihre Fassung wiederzugewinnen.

»Ich nehme an, daß Vance wenig am Pokern lag. Sie verließen das Haus unbemerkt, kehrten ebenso unbemerkt zurück. Damit glaubten Sie sich in Sicherheit. Um meine Theorie zu beweisen, brauchte ich nur meine Beine zu strapazieren. Methodische Überprüfung aller Tankstellen entlang Ihrer Fahrtroute. Der Tank faßte nicht genug Betriebsstoff. Irgendwo träumte wahrscheinlich ein Tankstellenangestellter von Ihnen. Das schönste Mädchen, das er je sah, in einer blitzenden Corvette aus der Nacht kommend.«

»Und? Ich konnte keinen Schlaf finden. Ich machte eine nächtliche Fahrt. Ich fahre sehr schnell. Kann ich dafür, daß Vance mich verdächtigte, daß er auf dumme Gedanken kam? Sie wissen nicht, wie es ist... wie es war. Er wollte durchaus jung sein, so jung wie die Männer, die ich kannte. In Wirklichkeit war er längst über dieses Alter hinaus. Ich sah, wie Fremde über ihn lachten. Er hätte mehr Würde haben sollen. Natürlich wollte ich das Geld und alles, was es bedeutete – Reisen, schöne Kleider, Schmuck, gesellschaftliche Stellung. Ein Professor führt ein schäbiges kleines Leben. Ich hatte mir mein ganzes Leben ausgemalt, wie der Mann sein müßte, den ich einmal heirate. Älter und reich und stark. Er müßte mir alles kaufen und mich bewundern und mir vertrauen, auch wenn ich es vorzog, mit jüngeren Männern zu tanzen. Als ich ihn gefunden hatte, konnte ich ihn nicht wieder verlieren. Aber jeder Tag war ein Wettstreit, in dem jeder beweisen wollte, daß er der jüngere war. Er begriff nicht, daß Liebe Vollkommenheit sein mußte. Für ihn zählte nur, wie oft er mich nehmen konnte. Damit glaubte er seine Jugend zu beweisen. Ihnen würde dieser Gedanke nie kommen. Sie würden mich verstehen. Auch Sie sind älter, aber nicht so alt wie er. Sie sind stärker, Travis McGee. Und ich habe jetzt das Geld. Ich hatte zugehört, als Sie Joanne von Ihrem spaßigen kleinen Boot mit dem spaßigen Namen erzählten.« Sie schloß einen Augenblick die Augen, öffnete sie wieder und sah mich groß an. »Verstehen

Sie mich? Ich habe immer gefühlt, daß ich etwas Besonderes bin. Daß mein Leben schön und wichtig sein würde. Es geschehen seltsame Dinge. Vance war nicht der richtige Mann. Aber plötzlich sind Sie hier. Es ist sonderbar, als wären wir beide seit langem füreinander bestimmt.«

Sie hatte die Beredsamkeit einer Hexe. Ich fühlte förmlich, wie die Gedanken, die sie suggerierte, sich in mir festsetzen wollten. Ich sollte sie herauspauken, ihr raten, wie sie die Fehler, die sie begangen hatte, ungeschehen machen könnte. Das war das unausgesprochene Angebot. Die Gegenleistung war sie, ein schönes, begehrenswertes Mädchen.

»Ullie, Beste, wir können nicht über einen neuen Punkt sprechen, solange wir mit dem ersten nicht fertig sind. Ich wiederhole Ihre interessante Feststellung. ›Als ich ihn gefunden hatte, konnte ich ihn nicht wieder verlieren.‹ Er brachte sich schließlich selbst in eine Lage, in der er Sie verlieren mußte. Ich wußte, daß er in Sie gedrungen war, um herauszufinden, wohin Sie in der fraglichen Nacht gefahren waren, und ich fragte mich, wie er überhaupt auf den Gedanken hatte kommen können, daß Sie nicht die ganze Nacht im Haus verbracht hatten. Dann erzählte Glenn mir, daß Vance den Wagen unter Umständen kaufen wollte. Männer, die einen Wagen kaufen wollen, sehen unter die Motorhaube, knallen die Türen zu und sehen auf den Tachometer. Er prüfte den Kilometerstand mehrmals und entdeckte, daß er plötzlich von fünfzehnhundert auf über zweitausend Meilen angewachsen war. Er hatte den Wagen nicht gefahren, also mußten Sie es gewesen sein. Patty war auf dieselbe Weise wie Ives umgebracht worden, und Vance entdeckte, daß er in einer verteufelten Ehe steckte. Aus seinem Verhalten heut morgen läßt sich schließen, daß er in der Nacht keine Ruhe fand. Wahrscheinlich hat er solange auf Sie eingeredet, bis Sie ihm die ganze Geschichte erzählten. Erst dann bemerkten Sie, daß er nicht der Mann war, zu vergeben und zu vergessen. Ich nehme an, daß ihm nicht nach einem Ritt zumute war, aber Sie brachten ihn doch dazu, weil Sie damit rechneten, früher oder später lange genug mit ihm allein zu sein.«

»Könnte ich ein solches Ungeheuer sein, Darling? Trauen Sie mir das wirklich zu?«

Der schmale Lederbeutel lag neben ihrer Hüfte im Sessel. Sie griff vergeblich danach, als ich ihn an mich riß. Ich untersuchte ihn und fand an der Bodennaht eine kleine feuchte Stelle. Die Lederriemen waren fest und stark. Als ich den Beutel an den Riemen pendeln ließ, spürte ich das schwere Gewicht. Ein mittelalterlicher Dreschflegel konnte keine gefährlichere Waffe gewesen sein. Ich öffnete den Beutel, griff hinein, tastete mich an Zigaretten, Feuerzeug und Lippenstift vorbei und brachte einen Hasen zum Vorschein. Er war aus hartem Stein gemeißelt und etwa zwei Drittel so groß wie ein Baseball.

»Vergessen Sie die Beinarbeit und die Wunder moderner Chemie nicht, Ullie. Sie haben das Blut, vielleicht auch ein paar Haare des geliebten Vance zwar abgewaschen, aber jedes Polizeilabor kann noch den Nachweis erbringen. Nach Patty und Ives haben Sie sich wahrscheinlich der Beutel entledigt. Sie müssen weit schlimmer ausgesehen haben als dieser.«

»Der Hase ist ein sehr altes Stück«, sagte sie. »Primitive Volkskunst aus Island.«

»Ullie, einem sehr guten Anwalt mag es gelingen, auf geistige Unzurechnungsfähigkeit zu plädieren und auch die Sachverständigen zu kaufen, um die entsprechenden Gutachten zu bekommen. Ihre Jugend würde natürlich auch in die Waagschale fallen, vielleicht auch Ihre Schönheit. Es kann sein, daß Sie krank sind. Ich weiß es nicht. Vielleicht ist es nur überaus stark entwickelter Egoismus, der Ihnen andere Menschen gar nicht real erscheinen läßt. Dann würde auch Mord unreal erscheinen, denke ich.«

Sie legte den Kopf auf die Seite. Ihr berechnender Blick wog mich ab. »Ich bin sicher, daß Sie mich verstehen, Travis. Ich möchte, daß Sie mich zu meinem Vater bringen. Sie würden sicher aneinander Gefallen finden. Er ist sehr altmodisch, müssen Sie wissen. Er würde darauf bestehen, daß wir ein Jahr warten. Was bedeutet ein Jahr, wenn man sicher ist?«

Ich ließ den Hasen auf meiner Hand tanzen und schob ihn in den Beutel zurück. Ich war mir nicht klar, ob sie überhaupt wußte, welch verzweifeltes Spiel sie spielte. Sie setzte sich auf, streckte den Arm aus und legte eine warme, kräftige Hand um mein Gelenk. Ich suchte nach den passenden Worten, die ihr klarmachen sollten, daß ich die Polizei verständigen würde, als ich hörte, wie hinter mir die Tür geöffnet wurde. Als ich mich umwandte, kam mir zu Bewußtsein, daß ich ziemlich lange Zeit bei der trauernden Witwe verbracht hatte und daß es Dana schwerfallen könnte, neue Ausreden zu ersinnen.

Dana musterte uns von der Tür aus. »Joanne muß...«

»Ich bin fertig, Honey«, sagte ich. »Dieses harmlose Kind hier hat alle drei Morde auf dem Gewissen und dabei so viele Fehler gemacht, daß es nicht schwer sein wird, ihr...«

Ich hätte meinen Blick nicht von Ulka wenden dürfen. Als der Lederbeutel mir aus der Hand gerissen wurde, wandte ich mich nicht um, um zu sehen, was sie damit anfangen würde. Ich warf mich nach links, fort von dem tiefen, weichen Sessel, aber der Hase streifte doch meinen Schädel, bevor er mir das Schlüsselbein zerschmetterte. Ich stürzte zu Boden. In meinen Ohren dröhnte es, Blitze durchzuckten mich, ich wäre unfähig gewesen, einen zweiten tödlichen Schlag abzuwehren. Aber ein Schatten huschte an mir vorbei, und ein Wimmern, das ein warnender Schrei hätte sein sollen, kam von meinen Lippen. Als ich wieder klar sehen konnte und mich auf die Knie hob, sah ich, wie Dana zu Boden stürzte und reglos liegenblieb. Ich hörte einen fernen Schrei und Schritte, die sich schnell näherten. Mit letzter Anstrengung kroch ich auf mein Mädchen in Grün zu.

14

Ich hatte eine ziemlich ausgewachsene Gehirnerschütterung, die schwer genug war, mich von Zeit zu Zeit in tiefe Bewußtlosigkeit fallen zu lassen. Die Ärzte leuchteten mir mit ihren Stablampen in die Augen, sie prüften meine Reflexe und gaben mir Rechenaufgaben zu lösen. Mein rechter Arm, mit breiten Leukoplaststreifen an die Brust geklebt, fühlte sich wie Blei an. Gegen die Schmerzen des gebrochenen Schlüsselbeins bekam ich eine Spritze nach der andern. Die Spritzen nahmen mich mit, aber ich hörte nicht auf, mich nach Dana zu erkundigen. Miß Holtzer ist im Operationsraum. Miß Holtzer ist immer noch im Operationsraum. Miß Holtzer ist im Verbandsraum.

Dann kam der Sonntagmorgen, und mir wurde gesagt, daß es Miß Holtzer den Umständen nach gut ginge. Eine wunderbare Phrase, die alles bedeuten kann.

Glenn Barnweather kam mit feierlichem Gesicht und hundert Seufzern. Er roch stark nach Bourbon und schüttelte traurig den Kopf. Ulka war tot. Ich wußte es bereits, hatte aber keine Ahnung, wie sie ums Leben gekommen war.

»Sie raste mit der Corvette los, als gälte es, ein Straßenrennen zu gewinnen. Niemand begreift, wie sie die vielen Kurven schaffte. Auf der geraden Straße hinter Sunflower hatten sie eine Straßensperre errichtet. Nach Schätzungen fuhr sie hundertachtzig, als sie sich der Sperre näherte. Sie versuchte, um die Sperre herumzufahren. Geriet in den Schotter am Straßenrand, begann zu rutschen, krachte auf einen Felsen und flog achtzig Meter durch die Luft, bevor der Wagen über die Kante getragen wurde und sich immer wieder überschlagend in eine Schlucht stürzte. Wie Sie den Cops erzählten, McGee, sie muß vor Kummer von Sinnen gewesen sein.«

»Sie hatte völlig den Verstand verloren. So etwas gibt es.«

»Ja, so etwas gibt es. Und Diana Hollis entpuppt sich als

Dana Holtzer. Was wird hier eigentlich gespielt, alter Freund?«

»Wir haben versucht, den Ruf einer Lady zu wahren.«

»Oh, sicher. Schließlich sind das Ihre eigenen Angelegenheiten, aber Jo wird bald hier sein und Ihnen den Marsch blasen.«

»Ich nehme an, sie hat bei den Divers rückgefragt.«

»Und bei Mary West, die ihr verdammt keine Erklärung geben wollte. Kein Wunder, daß sie schäumt.«

»Glenn, können Sie nicht feststellen, wie es Dana geht? Ich wäre Ihnen sehr dankbar.«

»Klarer Fall. Für einen alten Freund, der keine Geheimnisse vor mir hat, tue ich alles«, sagte er. Eine halbe Stunde später war er wieder da. »Sie schläft ihren Narkoserausch aus, Trav. Sechs Stunden lang haben sie ihr kleine Knochensplitter herausgefischt. Und ich habe festgestellt, daß sie für Lysa Dean arbeitet. Das wird Jo neue Rätsel aufgeben.« Er stand auf. »Sie sagen, daß Sie sich um Dana keine Sorgen zu machen brauchen. Morgen können Sie sie sehen.«

Wieder amtliche Aussagen, wieder erzählte ich meine Geschichte von der jungen Braut, deren Sinne sich nach dem schweren Verlust verwirrt hatten.

Dann kam Joanne. Nach zehn Minuten gab sie sich damit zufrieden, daß sie nie die Antworten auf alle Fragen bekommen würde. Sie war trotzdem so nett, mir einige Gänge abzunehmen. Sie rief das Motel an, daß sie das Zimmer weiter für mich reservieren sollten, sie sorgte dafür, daß ein Telefon in mein Zimmer gebracht wurde, sie holte den Gehirnchirurgen, der mir über Danas Zustand klare Auskunft gab. Er sagte, daß sie wenigstens zwei Monate aussetzen müsse, ehe sie daran denken könne, ihre Arbeit wieder aufzunehmen. Ich würde am Montag entlassen werden, wenn sich keine neuen Symptome zeigten. Er sagte, ich sollte mich über Danas Zustand nicht wundern, wenn ich sie am Montag auf eine Minute sehen könnte. Sie würde ohne Erinnerung und nur halb bei Bewußtsein sein und mich wahrscheinlich nicht erkennen.

Als er gegangen war, rief mich Lysa Dean an. Sie war

schrecklich aufgeregt und schrecklich besorgt um alles und versicherte mir immer wieder, daß wir uns wegen der Krankenhauskosten nicht den Kopf zerbrechen brauchten. Sie versprach, auf der Rückreise zur Küste mit ihrer ganzen Begleitung bei uns Station zu machen, konnte aber noch nicht sagen, wann das sein würde.

Am Montag zog ich mich an, bezahlte meine Rechnung und wurde auf fünf Minuten zu Dana gelassen. Sie trug einen Turban aus Mull und Leukoplast, ihr Gesicht war geschwollen und dunkel verfärbt. Sie schien mich zu erkennen und drückte meine Hand. Ich konnte nicht verstehen, was sie murmelte. Die Krankenschwester stand daneben, die Uhr in der Hand, und schickte mich hinaus, als die fünf Minuten um waren. Ich kehrte ins Motel zurück. Am Dienstag sah ich Dana dreimal, morgens, am Nachmittag und abends, jedesmal für zehn Minuten. Sie erkannte mich, ihre Sprache war verständlich, aber sie wußte nicht, was geschehen war und schien auch nicht in Eile, es zu erfahren. Oft schlief sie mitten im Satz für Sekunden ein, schien es aber gern zu haben, daß ich ihre Hand hielt.

Gegen Mitternacht wurde ich durch einen Telefonanruf geweckt. Eine Männerstimme meldete sich mit vielen Entschuldigungen, um mir mitzuteilen, daß Lysa im ersten Hotel der Stadt abgestiegen sei und mich umgehend sprechen wolle. Ich sagte ihm, Lysa solle sich erst einmal ausschlafen und legte auf. Dann rief ich die Vermittlung an und verbat mir jede Störung bis neun Uhr morgens. Mit dem verbundenen Arm bereitete mir das Anziehen viel Mühe. Wenn Lysa etwas von mir wollte, wußte sie, wo ich zu finden war.

Eine halbe Stunde später, als ich gerade erneut am Einschlafen war, klopfte jemand an meine Tür. Fluchend stand ich auf, rückte meine Schlinge zurecht und ging in meinen Shorts zur Tür. Ein stattlicher Bursche in schwarzem Anzug trat ein, gefolgt von einem Gepäckträger, der die Koffer trug, die ohne Dana und mich nach New York geflogen waren.

»Ich bin Herm Louker«, sagte er, als sei damit alles erklärt. Als ich ihn verblüfft anstarrte, fügte er hinzu: »Von der Agentur.« Er schob zwei Finger in eine Brusttasche, zog zwei Dollarnoten heraus, ließ sie vernehmlich knistern und gab sie dem Gepäckträger.

Herm hatte Ähnlichkeit mit einem Pinguin, zumindest was den Gang betraf. Er trug ein Ersatzhaarstück mit einer tiefen Welle. Seine Augen erinnerten an Brandlöcher in Hotelhandtüchern. Er hatte goldene Ringe und goldene Manschettenknöpfe. Er setzte sich, schnitt das Ende einer Zigarre mit goldenem Messer ab und zündete sie mit goldenem Feuerzeug an.

»Ich möchte, daß Sie mich klar verstehen, Mr. McGee«, sagte er. »Das Interesse meines Klienten ist mein persönliches Interesse. Abgesehen davon, daß ich diese kleine Frau gern mag, weil sie ein durch und durch begehrenswertes Persönchen ist, fühle ich mich der Industrie gegenüber für sie verantwortlich.« Er hob eine kleine fette Hand, als ich etwas erwidern wollte. »Weiterhin möchte ich, bevor wir uns unserem Problem zuwenden, erwähnen, daß ich an einem nervösen Magen leide und nicht mehr erfahren will, als ich ohnehin weiß. Ich war mit ihr in Miami, New York und Chikago, und sie hatte überall einen Bombenerfolg. Ganz Amerika liebt dieses Mädchen. Sie ist ein Star, wie er im Buch steht.«

»Dann sagen Sie mir besser, wieviel Sie wissen.«

»Lediglich, daß es eine – sagen wir – Indiskretion gegeben hat. Leute aus dem Showgeschäft sind temperamentvoll und heißblütig, Mr. McGee, und es gibt Menschen, die daraus Vorteil zu schlagen versuchen. Wir befinden uns in der unglücklichen Lage, daß jemand Lysa das Leben schwermachen möchte. Unsere kleine Lady hat das Gefühl, daß Sie letzthin davon abgekommen sind, sich Ihrer eigentlichen Aufgabe zu widmen. Zeit ist vergeudet worden. In New York bekamen wir gewisse Informationen von Ihnen. Über einen Mann namens Samuel Boden, der bereits von der Polizei gesucht wird. Ein Bild von ihm existiert nicht. Lediglich Fingerabdrücke sind vorhanden. Dazu eine Personenbeschreibung, die auf 95000 Männer, mich einbegriffen, zutreffen würde. Wir haben unser Bestes getan, indem wir ihr Spezialbewacher stellten. Nichts in

New York. Kein Versuch in Chikago. Unser Star beginnt nervös zu werden, Mr. McGee. Wir müssen eine Möglichkeit finden, diese Sache zu einem Abschluß zu bringen. Gelingt uns das, wird die kleine Lady sich an ihren Teil der Vereinbarung halten. Wie diese Vereinbarungen lauten, interessiert mich nicht. Für mich zählt nur der Erfolg.«

»Ich hatte einen Plan ausgearbeitet.«

»Und?«

»Ich wollte selbst daran teilnehmen. Wie Sie sehen, bin ich augenblicklich nicht gerade in bester Form.«

»Was haben Sie vor?«

»Es hängt von verschiedenen Voraussetzungen ab. Können Sie beispielsweise einen Zeitpunkt festsetzen, zu dem Lysa auf dem Flugplatz von Los Angeles ankommt, und können Sie dafür sorgen, daß dieses Ereignis in weitesten Kreisen zur Kenntnis genommen wird?«

»Aber natürlich. So etwas machen wir alle Tage.«

»Der Mann, der hinter ihr her ist, ist geistig nicht voll zurechnungsfähig. Ich glaube, daß er, von einem Abstecher nach Las Vegas abgesehen, im Gebiet von Los Angeles geblieben ist. Es ist sehr wahrscheinlich, daß er zum Flugplatz kommen würde. Vielleicht legt er sich auch vor ihrem Haus auf die Lauer. Es kann sein, daß er Geld will. Ebensogut kann es sein, daß er sie umbringen will. Es kann sogar sein, daß er nicht einmal weiß, was er will.«

»Hören Sie auf, ich bekomme Magenkrämpfe!«

»Sie müssen sich über einige Punkte klar sein, Mr. Louker. Wir wollen Ihren Star nicht in Gefahr bringen. Trauen Sie es sich zu, eine Doppelgängerin herbeizuschaffen, die Lysas Rolle übernehmen kann?«

Louker nickte. »Kein Problem. Zehn Minuten am Telefon, und ich habe sie, glauben Sie es mir.«

»Sie müßte natürlich den gleichen Schutz erhalten wie das Original.«

»Darauf würde ich bestehen.«

»Nun kommt das eigentliche Problem, Mr. Louker. Wenn dieser Boden festgenommen wird, quetscht die Polizei in drei

Minuten den Namen und die Adresse, unter der er sich hier einquartiert hat, aus ihm heraus. Dann muß jemand bereitstehen, um schnell zu handeln. In dem Quartier dürften sich gewisse Dinge befinden, die vernichtet werden müssen, wenn die Laufbahn Ihres Stars nicht zu Ende sein soll. Wir brauchen einen schnellen und geschickten Mann.«

»Soll ich noch Magengeschwüre dazubekommen?«

»Fotos, Mr. Louker. Fotos Ihres Stars, wie Sie sie noch nie gesehen haben. Wenn sie in die Öffentlichkeit gelangen, haben Sie einen Star gehabt.«

Er stand auf und wanderte umher, wobei er seinen Magen massierte und leise stöhnte. Es war ein beachtlicher Magen. Er begann unter dem Kinn und führte in langer Pinguinkurve bis zu den Knien.

»Wie können wir die Aufnahmen in die Hand bekommen?« Die Frage war mehr an ihn selbst als an mich gerichtet.

»Suchen Sie sich einen gerissenen Anwalt. Er soll Klage gegen Boden erheben, weil er Lysa die Bilder gestohlen hat. Drücken Sie ihm einen fetten Scheck in die Hand, damit er die Aufnahmen im Namen seiner Mandantin zurückfordert, um sie vernichten zu können. Himmel und Hölle, Sie schmeißen genug Geld für Ihre Stars hinaus.«

Er musterte mich nachdenklich. »Kann es sein, daß ich Sie von irgendwoher kenne? Vielleicht aus Rom – mit Manny?«

»Nein.«

»Es wird mir noch einfallen. Gut, wir werden alles arrangieren.« Er brachte ein Bündel Banknoten zum Vorschein und zählte tausend Dollar ab. »Lysa sprach von Spesen. Können Sie quittieren?«

Ich quittierte. Er wünschte mir alles Gute und ging, die Hände gegen den Magen gepreßt.

Dana war nicht sehr mitteilsam am nächsten Morgen. Als ich ihr Zimmer verlassen hatte, hielt mich die Oberschwester auf dem Gang an. Ihr Gesicht trug einen sonderbaren Ausdruck, als hätte sie gerade entdeckt, daß sie fliegen könne, wenn sie nur die Arme schnell genug bewegte.

»Lysa Dean war zu Besuch hier.«

»Oh, nein. Miß Dana ist sehr erschrocken. Der Anblick regte sie sehr auf. Ich glaube, sie hat ein sehr gutes Herz.«

»So muß es wohl sein.«

»Sie hat dies für Sie hinterlassen, Sir.«

Im Weitergehen öffnete ich den Brief mit einer Hand. Blaues parfümiertes Papier. Riesengroße Buchstaben. »Ich muß Sie sehen. Bitte. L.«

Ein Taxi brachte mich zum Hotel. Am Empfang bedauerte man. Nein, die Dame sei nicht hier abgestiegen. Ich nannte meinen Namen. Oh. Fahren Sie zu ihr hinauf, Sir. Sie bewohnt den Westflügel im vierten Stockwerk. Ein Mann, der wie ein Detektiv aussah, bewachte den Flügel. Er musterte die Schlinge, in der ich den Arm trug, und wiederholte meinen Namen. Mit einem Fragezeichen dahinter. »Letzte Tür rechts«, sagte er.

Sie saß, in einen weißen Hausmantel gekleidet, am Frisiertisch. Ein Mann sprach häßliche Worte ins Telefon. Eine dürre Gestalt beschäftigte sich mit ihrem Haar. Ein Mädchen mit Brille las ihr mit näselnder Stimme aus einem Drehbuch vor. Sie scheuchte alle mit einer Handbewegung hinaus.

»Lieber McGee«, sagte sie. »Ihr armer Arm, Darling. Mein Gott, wenn ich daran denke, wie Dana aussah! Es brach mir das Herz. Wirklich. Ich konnte die Tränen nicht zurückhalten.«

»Das ist nett.«

»Seien Sie nicht so mürrisch. Wir werden tun, was Sie mit Herm verabredeten. Das Mädchen kommt mit dem Flugzeug. Ich werde mich draußen wie eine Diebin verstecken. Mein Gott, ohne Dana klappt überhaupt nichts mehr. Wie konnte sie nur?«

»Wahrscheinlich war es nur Gedankenlosigkeit«, sagte ich zynisch.

Sie legte den Kopf auf die Seite und musterte mich. Dann lachte sie laut. »Wirklich? Als ich in Miami mit Ihnen darüber scherzte, hätte ich nie im Leben daran gedacht, daß es Ihnen gelingen würde, sie zu erobern. Sie müssen sehr…«

»Sie würden mir den größten Gefallen tun, wenn Sie den Mund hielten, Lee. Menschen sind zu Tode gekommen. Meine Schulter schmerzt. Eine Dana ist zehn Lysa Deans wert.«

Sie wandte sich um und nahm wieder vor dem Frisiertisch Platz. »Nun weiß ich wenigstens, wozu Ihnen mein Spesengeld gedient hat. Sie haben sich ein schönes Leben gemacht, nicht wahr?«

»In der Tat.«

»Verdammt, ich will die wahren Gründe wissen.«

»Der Mann, der Sie um 120000 Dollar erleichtert hat, wurde ermordet. Es sah aus, als hätte M'Gruder ihn umgebracht. Früher oder später hätte er verhaftet werden können. Im Prozeß wäre dann die Party zur Sprache gekommen. Ich mußte der Sache auf den Grund gehen.«

Sie musterte mich mit den Augen einer Füchsin. Natürlich war sie sich darüber klar, daß sie selbst hätte in Verdacht kommen können. Sie hob die Hand an den Hals. »Keine Gefahr mehr für mich in diesem Punkt?«

»Nein. Und ich habe so eine Ahnung, als würden Sie auch in der andern Sache klarkommen. Dann können Sie von Glück reden. Werfen Sie einen Blick auf die Liste der Hausparty. Nancy Abbott ist jenseits aller Hoffnungen. Vance und Patty und Sonny Catton sind tot. Der Fotograf ist tot. Die kleine Whippy ist auch am Ende.«

»Wirklich? Und was wollen Sie damit sagen? Die Hand Gottes? Strafe von oben? Machen Sie sich nicht lächerlich, McGee. Wenn solche Partys töten könnten, wäre Kalifornien bald menschenleer. Himmel, ich will mich mit Ihnen nicht streiten. Es wird Wochen dauern, bis Dana wieder auf dem Posten ist. Das sagten sie mir wenigstens. Natürlich zahle ich ihr das Gehalt weiter. Und ein Schmerzensgeld bekommt sie obendrein. Scotty wird sich um alles kümmern. Ich denke...«

Herm kam an die Tür und winkte ihr. Sie entschuldigte sich und ging zu ihm. Sie unterhielten sich kurze Zeit mit leisen Stimmen. Herm ging, und sie kam langsam zurück. »In einer halben Stunde beginnt eine Pressekonferenz, die ich nicht versäumen darf. Verdammt. Ich wollte Dana wenigstens noch einmal sehen. Herm wird mich in die Stadt schmuggeln und später meine Doppelgängerin herausbringen müssen. McGee, mein Darling, ich habe tausend Dinge zu tun…«

»Sie haben nach mir geschickt. Erinnern Sie sich nicht?«

Sie schnippte mit den Fingern. »Natürlich, Darling, haben Sie die Tausend Spesen erhalten? Sie verstehen, daß unsere Vereinbarung nur für den Fall der vollständigen Klärung galt? Alles oder nichts. Wenn Ihr Plan Erfolg hat, setzen wir uns wieder zusammen. In Ordnung, Darling? Ich liebe Dana wie meine Schwester, aber kranke Menschen bedrücken mich. Vielleicht können Sie für sie eine kleine Ranch finden und eine Frau, die sich um sie kümmert. Würden Sie das tun? Schließlich muß sie Ihnen doch ans Herz gewachsen sein. Gott sei Dank, daß ich in keiner Weise mit Vance in Verbindung gebracht werden kann.« Sie tätschelte mein Gesicht. »Seien Sie nett und sorgen Sie für Ihr Mädchen. Grüßen Sie sie von mir und bringen Sie sie mir zurück, wenn sie wieder ganz gesund ist.«

Am Donnerstagnachmittag fand ich Dana erstaunlich erholt. Die Schwellung ihres Gesichtes war zurückgegangen, die blauen Flecke hatten sich gelb verfärbt. Sie hatte sogar Lippenstift aufgelegt. Sie saß aufgerichtet im Bett und begrüßte mich scheu.

Ich konnte eine Stunde bei ihr bleiben. Sie konnte es nicht erwarten, zu erfahren, was sich ereignet hatte. Ich wußte, daß es sie ermüden würde, aber ich mußte sie informieren, bevor sie amtlich vernommen wurde. Ich berichtete ihr alles, einschließlich des Planes, Boden zu fassen.

Als ich um vier Uhr nachmittags ins Motel zurückkehrte, lag eine Nachricht vor, daß ich eine Vermittlung in Los Angeles anrufen sollte. Als die Verbindung zustande kam, meldete sich Lysa. Sie strömte über vor Freude und Erleichterung. »McGee, Darling? Es hat geklappt, es hat geklappt. Unsere eigenen Leute erwischten ihn und nahmen ihm die häßliche kleine Pistole ab, mit der er mich erschießen wollte. Meine

Doppelgängerin erschießen wollte, meine ich. Sie durchsuchten sein Zimmer und fanden alle Aufnahmen, bevor sie ihn der Polizei übergaben. Mein Gott, erst jetzt spüre ich die Erleichterung...«

»Wäre es nicht nett, wenn Sie sich nach Danas Befinden erkundigten?«

»Lassen Sie mir Zeit, um Gottes willen! Also gut. Wie geht es ihr?«

»Viel, viel besser.«

»Das ist schön. Ich freue mich es zu hören.«

»Wir beide haben noch eine kleine Abrechnung zu erledigen.«

»Ich weiß. Verdammt, warum sind Sie so schlecht gelaunt? Was haben wir heute? Donnerstag. Lassen Sie mich in meinem Kalender nachsehen.« Es dauerte fünf Minuten, bis sie sich wieder meldete. »Darling, ich werde Montag nachmittag zu Hause sein. Nehmen Sie sich ein Flugzeug, damit wir über die Sache sprechen können, ja?«

»Was ist da zu besprechen?«

»Darling, Sie wissen, daß Sie keinen Vertrag abgeschlossen haben. Und jemand, der unter Druck steht, ist leicht bereit, Versprechungen zu machen. Genau genommen, waren Sie an der Festnahme nicht einmal beteiligt. Stimmt es nicht?«

»Montag nachmittag«, sagte ich und legte auf. Ich wußte nicht, warum ich so kurz angebunden zu ihr gewesen war. Etwas stimmte nicht, aber ich konnte nicht entdecken, was es war.

Am Sonntagnachmittag zeigte sich, daß mein Instinkt mich nicht betrogen hatte. Die Schwester und ich halfen Dana in einen Rollstuhl, den wir in eine Ecke der großen Sonnenterrasse fuhren.

Ich hielt Danas Hand und sagte: »Ich habe mir alles überlegt. In etwa zehn Tagen wirst du entlassen. Dann brauchst du noch eine Woche, bevor du reisen kannst, Honey. Wir fliegen nach dem Osten, und ich bringe dich an Bord. Ein paar Tage später gehen wir auf die große Kreuzfahrt. Nun, wie klingt das in deinen Ohren?«

Sie entzog mir sanft ihre Hand. Dann wandte sie den Kopf. »Travis, du bist sehr gut zu mir gewesen.«

»Was ist los?«

»Es war alles so verworren und undurchschaubar. Ich bin wirklich nicht ich selbst gewesen. Ich weiß nicht, wie ich es dir sagen soll. Ich bin nicht so wie du denkst. Ich bin verheiratet. Ich begreife heute nicht, wie ich so – so unvernünftig sein konnte. Ich glaube, es liegt daran, daß ich für sie arbeitete. Ich werde nicht zu ihr zurückkehren.«

Ich legte ihr die Hand unter das Kinn und drehte ihr Gesicht mir zu. Ich sah sie an, bis sie rot wurde und das Gesicht wieder abwandte. In ihren Augen hatte ich gelesen, daß sie es ernst meinte. Ein Schlag auf den Kopf hatte genügt, ihr die Liebe ein für allemal auszutreiben. Jetzt verstand ich, was mein Instinkt mir hatte verraten wollen.

»Du brauchst dich nicht länger um mich zu kümmern«, sagte sie. »Ich bin gewohnt, für mich selbst zu sorgen. Es geht mir schon viel besser. Ich möchte dir für alles danken. Es tut mir so leid, daß ich falsche Hoffnungen in dir geweckt und...«

»Kannst du noch ehrlich sein?«

»Natürlich.«

»Wie fühlst du dich, wenn ich dich besuchen komme?«

Sie zögerte, dann hob sie den Kopf. »Ich fürchte mich davor, Travis. Es tut mir schrecklich leid, aber es erinnert mich an Dinge, die ich lieber vergessen möchte.«

Nachdem wir vereinbart hatten, was mit ihrem Gepäck geschehen sollte, blieb nur noch der Abschied, der aus einem Händedruck bestand. McGee, der große Liebhaber! Hatte ich dieses Mädchen nicht für immer behalten wollen? Nein, nicht sie. Ich kannte sie nicht einmal. Die eine, an die ich mich geklammert hatte, war diejenige, die Ullie niedergeschlagen hatte, bevor sie selbst die Reise ins Jenseits antrat. Die Dana hier wollte jene andere Dana vergessen. Und würde es auch bald tun. Schüttle also deinem Darling die Hand, McGee, sag ihr Lebewohl und bemühe dich, die Erleichterung nicht zu sehen, die sie zu verbergen sucht!

Das Taxi setzte mich vor Lysas Haus ab. Der Koreaner öffnete das breite Tor, ein Mädchen ließ mich ein und verschwand. Das Haus war so still wie damals, als ich es mit Dana besucht hatte. Ich wanderte umher und schlug zwei Töne auf dem weißgoldenen Flügel an. Lysa Dean kam eilig in den Raum. Sie trug eine hautenge schwarze Hose, eine weiße Seidenbluse und hielt einen weißen Briefumschlag in der Hand. Sie eilte auf mich zu, reckte sich hoch und küßte mich mit der falschen, sanften Scheu eines Kindes, das einen Gast begrüßt. Dann faßte sie nach meiner gesunden Hand und führte mich zu einer breiten Couch in einer schattigen Ecke.

»Wie geht es der lieben Dana?« fragte sie.

»Auffallend besser.«

»Wann kann sie ihre Arbeit wieder aufnehmen, Darling? Ich bin verzweifelt, ich brauche sie so nötig.«

»Sie wird sich noch einige Zeit erholen müssen.«

»McGee, Darling, machen Sie von Ihrem Einfluß auf sie Gebrauch. Sagen Sie ihr, daß Lysa sie *so* nötig braucht.«

»Ich werde es ihr bei der nächsten Gelegenheit ausrichten.«

»Sie sind ein lieber, guter Bursche. Was ist mit den Fotos, die ich Ihnen in Miami gab?«

»Ich habe die Aufnahmen vernichtet, die ich machen ließ, die Aufnahmen, auf denen Ihr Gesicht unkenntlich war. Wenn ich zurückkomme, werde ich die andern vernichten – es sei denn, Sie wollten sie haben.«

»Mein Gott, ich will sie nie wiedersehen. Darling, sie sagen, daß der kleine Boden nicht ganz richtig ist. Wenn er versucht hätte, seine alberne rostige Pistole abzufeuern, hätte sie ihm die Hand zerrissen. Sie werden ihn in eine Anstalt sperren.«

»Ihr Leben ist also wieder klar und sauber, Miß Dean. Sie werden also Ihren lieben Freund heiraten können. Meinen Glückwunsch. Ist das mein Geld, an das Sie sich da klammern?«

Sie gab mir den Umschlag. Ich fand, daß er zu leicht war und öffnete ihn. Ich zählte. Ich kam bis zehntausend, nicht weiter. Bevor ich etwas sagen konnte, hing sie an meinem Hals und lachte. »Nun, Darling, seien Sie realistisch. Schließlich gab ich

Ihnen das viele schöne Reisegeld und schickte Sie mit einem schönen Mädchen fort. So kamen Sie gratis und franko zu schönen Stunden. Ich bin wirklich nicht aus Geld gemacht, Honey. Die Steuern sind fantastisch. Ich denke, Sie können sich nicht beklagen, und meine Ratgeber würden mich für verrückt halten, wenn sie erführen, wieviel ich Ihnen gegeben habe.«

Während sie sprach, nahm sie mir das Geld aus der Hand und schob es in meine Brusttasche. Sie drängte sich fester an mich und begann das Spiel, auf das sie sich am besten verstand. Ihr heißer Atem schlug mir ins Gesicht, sie überschüttete mich mit kleinen schnellen Küssen, sie preßte ihre berühmten Kurven gegen mich. Sie schien völlig überzeugt, daß jeder Mann, so von ihr behandelt, wie im Glückstaumel akzeptieren und keine Bedingungen mehr stellen würde. Schon war sie dabei, sich der hautengen Hosen zu entledigen und mich auf die große Couch unter ihrem Bild zu drücken.

Ich schob den gesunden linken Arm zwischen uns, legte die Hand flach gegen ihr Brustbein und gab ihr einen Stoß, der sie wie ein Geschoß davonfliegen ließ. Sie landete hart auf einer dicken Brücke und machte eine Schlittenfahrt, die unter einem andern Bild von ihr endete. Den Künstler dieses Bildes hatte sie so beeindruckt, daß er nicht versäumt hatte, einen Heiligenschein anzudeuten.

Sie sprang auf, zog sich die Hose über das weiße verlängerte Rückenteil und funkelte mich an. »Himmel, McGee, Sie hätten mir das Steißbein brechen können.«

Ich zog die verrutschte Schlinge zurecht und ging zur Tür. »Schon gut, Leebaby«, sagte ich. »Ich bin zufrieden mit dem, was ich bekam. Alles weitere hätten Sie sich ersparen können. Geschenke dieser Art bedeuten mir nichts. Nicht einmal, wenn sie von Ihnen kommen.«

Ich ging, begleitet von einer Flut von Schimpfwörtern. Elefanten hagelten auf mich herab. Sie hatte eine ganze Sammlung. Sie warf schnell, zielte aber schlecht.

Der Koreaner ließ mich hinaus. Ich fühlte das dünne Geldpäckchen in meiner Jackentasche. Ich blieb stehen, nahm den

Arm aus der Schlinge und stopfte die Schlinge in die Tasche. Der Arm schmerzte, wenn ich ihn beim Gehen bewegte. Also klemmte ich den Daumen in meinen Gurt.

Fußgänger werden in dieser vornehmen Gegend wenig geschätzt. Höfliche Polizisten hielten an, stellten höfliche Fragen und fuhren mich höflich zum nächsten Taxistand. Ich stieg in einen Wagen, und der einzige Platz, an den ich mich bringen lassen konnte, war mein Hotelzimmer. Nichts zog mich dorthin, aber ich wußte nicht, wohin ich sonst hätte gehen sollen.

Als wir an einer Ampel hielten, entdeckte ich einen Zauberladen. Ich fragte den Fahrer, ob man dort Liebestränke kaufen könnte. Er meinte, wenn ich was Besonderes erleben wollte, sollte ich mich ihm anvertrauen. Ich kehrte ins Hotel zurück und saß siebzig Minuten später in der Düsenmaschine nach Miami.

Agatha Christie

Agatha Mary Clarissa Miller, geboren am 15. September 1890 in Torquay, Devonshire, sollte nach dem Wunsch der Mutter Sängerin werden. 1914 heiratete sie Colonel Archibald Christie und arbeitete während des Krieges als Schwester in einem Lazarett. Hier entstand ihr erster Kriminalroman *Das fehlende Glied in der Kette.* Eine beträchtliche Menge Arsen war aus dem Giftschrank verschwunden – und die junge Agatha spann den Fall aus. Sie fand das unverwechselbare Christie-Krimi-Ambiente.
Gleich in ihrem ersten Werk taucht auch der belgische Detektiv mit den berühmten »kleinen grauen Zellen« auf: Hercule Poirot, der ebenso unsterblich werden sollte wie sein weibliches Pendant, die reizend altjüngferliche, jedoch scharf kombinierende Miss Marple (*Mord im Pfarrhaus*).
Im Lauf ihres Lebens schrieb die »Queen of Crime« 67 Kriminalromane, unzählige Kurzgeschichten, 7 Theaterstücke (darunter *Die Mausefalle*) und ihre Autobiographie.
1956 wurde Agatha Christie mit dem »Order of the British Empire« ausgezeichnet und damit zur »Dame Agatha«. Sie starb am 12. Januar 1976 in Wallingford bei Oxford.

Von Agatha Christie sind erschienen:

Das Agatha Christie Lesebuch
Agatha Christie's Miss Marple
Ihr Leben und ihre Abenteuer
Agatha Christie's Hercule Poirot
Sein Leben und seine Abenteuer
Alibi
Alter schützt vor Scharfsinn nicht
Auch Pünktlichkeit kann töten
Auf doppelter Spur
Der ballspielende Hund
Bertrams Hotel
Die besten Crime-Stories
Der blaue Expreß
Blausäure
Das Böse unter der Sonne
oder Rätsel um Arlena

Die Büchse der Pandora
Der Dienstagabend-Club
Ein diplomatischer Zwischenfall
Dreizehn bei Tisch
Elefanten vergessen nicht
Die ersten Arbeiten des Herkules
Das Eulenhaus
Das fahle Pferd
Fata Morgana
Das fehlende Glied in der Kette
Ein gefährlicher Gegner
Das Geheimnis der Goldmine
Das Geheimnis der Schnallenschuhe
Das Geheimnis von Sittaford
Die großen Vier
Das Haus an der Düne
Hercule Poirots größte Trümpfe
Hercule Poirot schläft nie
Hercule Poirots Weihnachten
Karibische Affaire
Die Katze im Taubenschlag
Die Kleptomanin
Das krumme Haus
Kurz vor Mitternacht
Lauter reizende alte Damen
Der letzte Joker
Die letzten Arbeiten des Herkules
Der Mann im braunen Anzug
Die Mausefalle und andere Fallen
Die Memoiren des Grafen
Mit offenen Karten
Mörderblumen
Mördergarn
Die mörderische Teerunde
Die Mörder-Maschen
Mord auf dem Golfplatz
Mord im Orientexpreß
Mord im Pfarrhaus
Mord im Spiegel oder Dummheit ist gefährlich
Mord in Mesopotamien
Mord nach Maß
Ein Mord wird angekündigt
Die Morde des Herrn ABC
Morphium
Nikotin
Poirot rechnet ab
Rächende Geister
Rotkäppchen und der böse Wolf
Ruhe unsanft
Die Schattenhand
Das Schicksal in Person
Schneewittchen-Party
Ein Schritt ins Leere
16 Uhr 50 ab Paddington
Der seltsame Mr. Quin
Sie kamen nach Bagdad
Das Sterben in Wychwood
Der Tod auf dem Nil
Tod in den Wolken
Der Tod wartet
Der Todeswirbel
Tödlicher Irrtum oder Feuerprobe der Unschuld
Die Tote in der Bibliothek
Der Unfall und andere Fälle
Der unheimliche Weg
Das unvollendete Bildnis
Die vergeßliche Mörderin
Vier Frauen und ein Mord
Vorhang
Der Wachsblumenstrauß
Wiedersehen mit Mrs. Oliver
Zehn kleine Negerlein
Zeugin der Anklage

Der klassische Krimi

Bei Christie werden Nerven versteigert

Agatha Christies Geschichten sind die Kunst der Fuge,
aber das Leitmotiv ist
«Fuchs, du hast die Gans gestohlen».
Peter Ustinov

jeder Band
400 Seiten

Wer freut sich nicht auf ein paar «gemütliche» Stunden…

Scherz

400 Seiten / Paperback

Dieser Band entsorgt jeden Fernseher und bietet eine geballte Ladung Kurzweil, die vergessen läßt, was die Stunde geschlagen hat.

Sterne lügen nicht!

430 Seiten
Leinen

Scherz

Was die Sterne über unsere Männer, Frauen, Liebsten, Kinder, Vorgesetzten, Angestellten und über uns selbst zum Vorschein bringen.

»Die bekannte Astrologin hat hier die Menschen mit viel Sachkenntnis, sprühendem Witz und psychologischem Fingerspitzengefühl bis in die verstecktesten Winkel ihrer Seele untersucht. Man findet sich selbst und seine Mitmenschen mit einer unglaublichen Bildhaftigkeit und äußerst präzise gespiegelt.«
Hessischer Rundfunk

007 Ian Fleming

JAMES BOND

Als Scherz-action-Krimi erhältlich:

- Dr. No
- Der goldene Colt
- Casino Royale
- Countdown für die Ewigkeit
- Diamantenfieber
- Du lebst nur zweimal
- Goldfinger
- Im Dienste Ihrer Majestät
- Leben und sterben lassen
- Liebesgrüße aus Athen
- Liebesgrüße aus Moskau
- Mondblitz
- Im Angesicht des Todes
- Sag niemals nie
- Der Spion, der mich liebte
- Der Hauch des Todes

«Meisterhaft geschrieben.»
Raymond Chandler

Scherz-action-Krimis und **Scherz-Krimis**
finden Sie in Ihrer Buchhandlung

SCHERZ VERLAG

Bern — München — Wien

Die Meister-Krimis in der ersten werkgetreuen Neuübersetzung.

Die blaue Hand
Der grüne Bogenschütze
Die vier Gerechten
Der Frosch mit der Maske
Die Tür mit den 7 Schlössern
Das Gasthaus an der Themse
Der schwarze Abt
Der rote Kreis
Der Doppelgänger
Die gebogene Kerze
Der Hexer
Der Rächer
Die seltsame Gräfin
Das Verrätertor
Der Zinker

Scherz Krimi Klassiker